BBULMEDIA

http://www.bbulmedia.com

# 飛月悲歌

비월비가

飛月悲歌 비월비가

1판 1쇄 찍음 2015년 1월 22일
1판 1쇄 펴냄 2015년 1월 27일

지은이 | 산수화
펴낸이 | 정 필
펴낸곳 | 도서출판 뿔미디어

편집장 | 이재권
기획 · 편집 | 윤영상

출판등록 | 2002년 9월 11일 (제081-1-132호)
주소 | 경기도 부천시 원미구 소향로 17번길(두성프라자) 303호 (우)420-864
전화 | 032)651-6513 / 팩스 032)651-6094
E-mail | bbulmedia@hanmail.net
홈페이지 | http://bbulmedia.com

**값 8,000원**

ISBN 979-11-315-6205-5 04810
ISBN 979-11-315-1144-2 04810 (세트)

# 飛月悲歌

## 비월비가

산수화 신무협 장편 소설

전쟁종식(戰爭終熄)

〈완결〉 **6**

뿔미디어

# 차례

# 1.
## 천하정점(天下頂點) (1)

그 어떠한 말로도 형용이 불가하다.

존재의 완성형, 끝 간 데 모르고 퍼져 나가는 중압감과 위압감이 무지막지하다. 같은 공간 안에 있다는 사실만으로도 숨이 턱턱 막힐 지경.

진조월의 눈동자에 차가움을 넘어선 분노가 자리 잡았다.

얼마만인가.

항상 머릿속으로 떠올리며 천 갈래, 만 갈래로 찢어 죽이리라 다짐한 원수가 여기에 있다.

상상하던 모습 그대로, 더함도 모자람도 없는 모습

으로 나타났다.

그래서인지, 이게 현실인지 꿈인지 구별이 가지 않을 정도.

하지만 이것은 더할 나위 없는 현실이다.

온몸에서 무자비한 기세를 풍기는 철혈성주의 존재감 자체가, 이것이 꿈이나 환상이 아닌 실재라는 걸 그대로 보여 주고 있다.

적룡검을 잡은 손에 핏줄이 거칠게 돋아났다.

이처럼 무시무시한 기세를 받으면서도 물러서지 않는다. 능력의 문제를 넘어선 것, 활화산처럼 타오르는 분노가 너무 거세어 육체를 속박하는 기의 그물마저도 찢어발긴다.

"너……!"

불공대천의 철천지원수.

그의 계략으로 인해 집안이 무너지고, 부모와 형제들이 죽었다.

그의 계략으로 인해 형제처럼 여기던 전우들이 명부로 나자빠졌다.

그의 계략으로 인해 자신은 죽을 뻔했다. 그의 계략으로 인해…….

잃은 것이 너무나도 많다.

철혈성주의 입가에 미소가 드리워졌다.

가히 파멸적이라고밖에 설명이 불가능한 기세를 뿜어내는 이의 외양치고는 지나치게 청정한 모습이었다.

"호오. 멀리서 느꼈을 때 짐작은 했다만 직접 보니 기대 이상이로군. 그만한 힘, 아무나 갖출 수 없지. 더군다나 이립의 나이를 생각하면 경악스러울 정도야. 세 명의 왕과 한 명의 제왕, 맞붙기 부담스럽군."

말의 내용과는 달리 여유롭기 짝이 없다.

언뜻 흥에 겨운 듯도 보인다.

단기중의 몸에서 물씬 패기가 솟고, 어둠과 동화가 된 임가연에게서 은은한 살기가 묻어 나왔다.

그야말로 가지각색, 하지만 모두에게 적의가 있는 것은 똑같았다.

백성곡이 앞으로 나선다.

그가 나서자 진조월조차 폭발하는 분노를 삭였다.

분노 이후에 찾아온 냉정함.

나설 때와 나서지 못할 때를 아는 것이다.

천하제일인으로까지 불리는 철혈성주와 칠왕수좌, 암중에서 협사회를 이끌었던 투신마군의 대치.

거장들의 만남이었다.

허허롭기 짝이 없던 백성곡의 몸에서 물씬, 거창한 기도가 흐른다.

침투했던 마기를 모조리 몰아냈다지만 제대로 쉬지 못했던 강행군일진대 풍기는 박력과 위압감이 철혈성주에 비해 떨어지지 않았다.

"철혈성주."

"투왕, 오랜만이야."

"이곳에 모습을 드러냈다라……. 의도가 궁금하군. 죽으러 온 것 같지는 않은데."

항상 차분한 기색을 유지했던 백성곡의 어조는 지금 이 순간 결코 담담하지 못했다.

웅장하고 거세다. 해일과도 같은 분위기였다.

철혈성주가 이빨이 다 보이도록 웃는다. 언뜻 천진난만해 보일 정도로 순한 미소였다.

"제대로 된 싸움이 벌어지기 전에 얼굴이라도 한 번 보고 싶어서 온 게지. 별 뜻은 없어. 그나저나 대단하군. 못 본 사이에 더 강해졌어. 투신종을 완성했나?"

"시험해 볼 텐가?"

"그저 인사말이나 하러 온 참이야. 굳이 투닥거리고

싶지는 않군. 애들도 아니고."

"무인들끼리의 인사말이라면 다소 거친 감이 있다 한들 손을 섞는 것보다 정중한 예를 찾기 어렵겠지. 설마 천하의 철혈성주가 겁이라도 난 겐가?"

"싸구려 도발이라. 제법 구린내가 나지만 사뭇 진지한 걸? 예를 차리다가 죽을 것 같은데. 내 예상이 틀린가?"

철혈성주의 말투는 묘했다.

정면으로 맞서 백성곡을 이길 자신은 있지만 일대일로 덤비지 않을 것임을 잘 알고 있는 듯한 말투였다.

명예를 아는 무인들이라 하나, 상대는 무조건 세상에서 사라져야 할 악도임에 합공을 부끄러워하지 않을 것이다.

백성곡의 눈썹이 꿈틀거렸다.

"능글맞은 그 성격은 어째 변함이 없군. 나이를 헛먹은 모양이야. 허기야 천명을 깨우칠 나이가 한참이나 지났음에도 헛된 욕망에 사로잡혀 무고한 이들을 죽음의 구렁텅이로 몰려는 작자의 정신머리가 바를 리 없겠지."

신랄한 어조였다.

도발이 아니다.

진심으로 분노한 백성곡, 그 가슴 그대로의 말을 입을 열어 전달한다.

　　철혈성주는 전혀 불쾌한 기색이 아니었다. 도리어 껄껄 웃는다.

　　"역시 이래야 재미있지. 옛 친구와의 대화가 참으로 정겹구나. 그래, 그랬지. 차분해 보였어도 항상 가슴 안에 불덩이를 담고 있는 사람이 자네였어. 희한한 일이야. 내가 그리 속이 넓은 사람은 아닌데, 무례한 자네의 말을 듣고도 전혀 불쾌하지가 않아. 칠 년의 세월, 극구광음(隙駒光陰)이라 하나, 이리 다시 만나니 느낌이 또 달라."

　　"난 천하의 개망나니를 친구로 둔 적이 없다. 친구라는 좋은 단어는 이럴 때 쓰는 것이 아니지. 상대의 속을 뒤집게 만들 요량이라면 성공이야. 기분이 아주 나빠졌어."

　　"개망나니라……. 별로 잘못했다는 생각은 들지 않는데."

　　"뭐라?"

　　백성곡의 눈에서 불길이 뿜어졌다.

　　그뿐만이 아니었다.

진조월은 물론 단기중, 임가연의 눈에서도 말 못할 분노가 쏟아졌다.

"이런 말 못 들었나? 한둘의 사람을 해하면 살인마라 불리지. 더 죽이면 살인귀라 불려. 하나…… 백 명을 죽이면 영웅이 되는 것이야."

"미친 소리 작작하시지."

중간에 끼어든 것은 단기중이었다.

패천광군, 미친 군주라는 별호까지 붙은 단기중이다.

백성곡이 나섬에 잠자코 있었지만 그의 성질은 가히 불과도 같다.

더 이상 참을 수 없음에 마침내 패왕이 직접 나섰다.

"궤변으로 자신의 행동을 정당화하려는 꼬락서니, 전혀 달라지지 않았어. 그래서 무고한 양민을 학살하면서 영웅이 되어 보시겠다? 헛소리도 이만하면 예술이야. 역시나 네놈은 죽어 마땅할 개자식이 분명했어. 칠 년 세월에 조금이나마 정신을 차렸겠거니, 생각했는데 이건 그때보다 더 말종으로 변모했군."

그야말로 무지막지한 폭언이었다.

철혈성주의 눈이 단기중에게로 향했다.

흑백이 분명한 눈이었다. 심연과 같다.

타인에게 있어 충분히 악업이라 불릴 만한 일을 획책하는 사람에게서 볼 수 없는 또렷함이었다.

순간 단기중의 몸이 움찔했다.

너무나도 또렷한 눈동자, 그 속에 한 마리 괴물이 있었다.

마주 보는 것만으로도 몸이 굳을 것 같다.

분노 때문에 나섰지만 철혈성주와 단기중 사이에는 크나큰 격차가 자리 잡고 있던 것이다.

그러나 단기중 역시 피하지 않는다.

오히려 파천종의 패력을 피워 올리며 마주 노려본다.

등에 식은땀이 흐르고 기세에 저항하기 위해 갖은 애를 썼지만 가히 미동조차 없는 모습이었다.

철혈성주의 입가에 짙은 미소가 어렸다.

"과연, 과연이군. 다들 예전보다 훨씬 강해졌어. 이거 기쁜데? 아무리 숙적들이라 하나 재미없이 끝나면 나도 허탈할 뻔했지 뭔가. 다행히 수준들이 높아. 이 정도면 괜찮겠어. 승리는 변함이 없어도 보람을 느낄 수준들은 되어 보여."

오만한 내용의 말이었다.

그러나 진정 무서운 것은, 이러한 말을 하면서도 조

금의 어색함이 없다는 것이다.

뻗어 나가는 강대한 기세가, 그 속에 도도하게 흐르는 완벽한 자신감이 예언처럼 고하고 있었다.

너희는 실패한다. 승리는 내 것이다.

선언을 넘어선 확신이었다.

화아아악!

순간 백성곡을 위시로 진조월, 단기중, 임가연의 몸에서 무시무시한 기파가 터져 나왔다. 어림도 없다는 기세다.

철혈성주가 확신하며 말하는 내용을 비웃기라도 하듯 풍기는 기운이 어마어마했다.

철혈성주가 목소리로 확신했다면 네 명은 기세로 말했다.

넌 오늘 여기서 죽는다.

그리 말하고 있었다.

그럼에도 시종일관 여유롭기 짝이 없는 철혈성주의 심중은 대단하다는 말로도 부족했다.

당금 강호에 있어 손에 꼽히는 무력을 가진 이 네 명의 앞에서 이처럼 여유를 부릴 수 있다는 건 무공의 높낮이로 설명할 수 있는 것이 아니었다.

태어날 때부터, 그는 군림자였다.

세상이 그리 말하고 있었고 실제로 그는 소문을 소문으로 두지 않고 현실로 보여 주었다. 그는 그만한 자격이 있는 것이다.

그중 가장 파멸적인 기세를 풍기고 있는 것은 단연 진조월이다.

웅장하고 강한 면모는 백성곡이었지만, 끔찍하다는 측면에서 보면 진조월 만한 자가 없었다.

제왕의 힘.

마기가 씻기고 강렬함만을 남은 군림자의 기운이 짙은 살의와 함께한다.

마치 이전 군림마황진기의 마공력이 현신한 것만 같았다.

이미 적룡검은 정확하게 철혈성주를 향하고 있었다.

그 외에는 쓰임이 없다는 듯 살의의 섬광만이 검첨에 가득하다.

"가긴 어딜 가."

입에서 흐르는 말.

눈에 보일 리가 없는 말임에도 검은 연기처럼 보일 만큼, 뚜렷한 기세를 보였다.

"이대로 그냥 보내 주진 못하지. 넌 죽어, 바로 여기서. 되도 않는 짓거리 그만하고 죽을 준비나 하시지."

딱딱 끊어지는 말투.

활화산을 닮은 냉혹함이었다.

적룡검의 검첨에서 무시무시한 기운이 퍼져 나갔다.

마치 안개처럼 사방을 둘러싸고 꿈틀대는데 마치 이 공간 전체의 압력이 수십 배 증가한 것 같았다.

그럼에도 철혈성주의 얼굴에는 여유로움이 한껏 묻어 나왔다.

도통 심각함을 모르는 얼굴이다.

"몇 년 만이지? 삼 년인가 사 년인가. 어쨌든 무공은 높아졌어도 하늘 높은 줄 모르고 주절대는 주둥이는 도통 고쳐질 기미가 보이질 않는군. 그래서야 어디 험난한 강호에서 버틸 수나 있겠느냐?"

"버틸 강호조차 없는 형편이지. 너만 세상에서 사라지면 버틸 이유도 없는 거야. 와라. 몇 년간 주둥이질만 는 건 아니겠지?"

진심에서 우러나오는 도발이었다.

백성곡과 다를 바는 없었지만 철혈성주의 반응은 확연하게 달랐다.

여유로움으로 넘쳐나던 얼굴이 서릿발처럼 굳어진다.

차가운 눈매와 꾹 다물어진 입술이 그의 심중을 말해 주고 있었다.

"참고 넘어가 주는 데에도 정도가 있는 법이다. 이립이라 하나 한참이나 어린놈이 예의는 어디에 다 팔아먹었단 말인가. 마땅히 예를 갖추어야 옳을 터. 주제를 알고 나서거라."

도대체 스스로 한 짓을 자각은 하고 있는 것인지, 예의를 운운하는 모습이 기가 막혔다.

진조월의 몸에서 이는 기세가 한층 더 강렬해졌다.

"안 참아도 된다. 덤벼. 내가 먼저 가랴?"

신랄한 말투였다.

철혈성주, 천하제일인이라 공인된 그에게 맞서고 있음에도 도무지 떨어지지 않는 기파가 놀랍다.

두터운 적룡검의 검신에는 이미 마제신기의 강대한 힘이 극도로 응축되어 가고 있었다.

철혈성주의 비할 데 없는 안광이 진조월에게 쏟아졌다.

'엄청난 압박감!'

그들 주위로 보이지 않는 돌풍이 휘몰아쳤다.

바닥에 깔린 돌멩이들이 퍽퍽 터져 나갔다.

그저 안력을 집중시키는 것만으로도 몸에 천근의 쇠사슬이 묶인 것 같다.

마침내 진조월은 알 수 있었다.

철혈성주의 진실한 무력, 하늘조차 농락시킬 만한 신인(神人)의 면모를 보았던 것이다.

그러나 그 모든 것을 보았음에도 그의 투기와 살기는 줄어들지 않았다.

오히려 상대의 기세가 올라갈수록, 진조월의 기파도 절로 깊어지고 있었다.

기세와 기세가 부딪치는 와중, 자신의 한계조차도 넘어서는 기파를 뿜어낸다.

진조월의 눈에 이른 한광에 정점에 올랐을 때.

백성곡이 외쳤다.

"오왕, 안 돼!"

파아아악!

투왕의 말은 속절없는 외침이 되어 버렸다.

포탄처럼 쏟아지는 진조월의 육체.

발로 바닥을 박차는데 박찬 바닥이 화포에 맞은 것처럼 구덩이가 파였다.

온몸 가득 뻗어 나간 마제신기의 힘이 대지를 뒤흔

들고, 그 힘을 그대로 받은 적룡검이 선(線)이 닿을 수 있는 최단시간으로 공간을 찢고 나아갔다.

진조월이 움직이는 것과 동시에 철혈성주의 손도 움직였다.

파아앙.

공기가 그대로 찢어져 터졌다.

공격을 하면서도 진조월은 확신했다. 이번 공격은 실패!

손을 뻗어 기묘한 공진을 만들어 낸 철혈성주, 적룡검의 검첨이 그의 손에 닿기도 전에 움직임을 멈추었다.

진조월은 아무런 미련도 없이 적룡검을 놓고 신형을 움직였다.

음속마저 가볍게 돌파해 버린 속도였다.

움직이는 것만으로도 공기가 터진다.

대단한 충격파가 사위를 휩쓸고 있었다.

한순간에 철혈성주의 등 뒤를 점한 진조월의 그대로 주먹을 내리찍었다.

이 정도 수준의 속도에서는 애초에 무공, 무술이 필요하지도 않을 것이다.

권법이니 검법이니 내치는 것도 무의미하다.

속도 자체가, 그 힘을 이어받은 주먹질 한 방이 어떠한 신공절학보다도 강렬한 일격을 선사한다.

여유롭던 철혈성주의 얼굴이 살짝 굳어졌다.

콰아앙!

화포를 몇 개나 압축시켜 터트리면 이만한 폭발력이 나올 것인가.

철혈성주가 있던 곳, 그 대지에 너비만 일 장, 깊이가 오 장에 달하는 엄청난 구덩이가 생겨났다.

마제신기의 강인한 힘과 속도, 외기와 내기의 동조로 인해 생겨난 권형(拳形)의 파괴력이 이런 결과를 만들어 낸 것이다.

진조월은 이를 악물며 재차 신형을 돌렸다.

한순간 그가 있던 공간이 그대로 갈라졌다.

어깨에 가느다란 실선이 그어지며 핏방울이 맺혔다.

반응이 조금만 늦었어도 팔 하나가 날아갔을 것이다.

어느새 철혈성주는 저 멀리 서서 그에게 이해 못할 공격을 시도했다.

수도(手刀)로 공간을 갈라 버린 미증유의 거력.

역시나 철혈성주의 무공은 인간의 경지를 넘어선 것

이었다.

그야말로 눈 깜짝할 새에 이루어진 공방이었다.

어지간한 고수들의 눈에도 두 사람의 신형과 공격 자체가 보이지 않았을 것이다. 시공을 초월한 무신들의 무공이었다.

진조월이 다시 자세를 잡고 허리춤에 손을 올렸다.

칠야검, 검제의 독문병기가 그의 손에 약동했다.

철혈성주는 가만히 자신의 소매를 바라보았다.

극한에 이른 두 사람의 공방으로 인해 그의 소매는 너덜너덜했다.

찢어지고 말고 할 것도 없이 아예 가루로 변해 버렸고, 경력의 여파가 다 해소되지 못해 일부는 구멍이 뚫려 있었다.

다치진 않았지만 실로 놀라운 결과였다.

절대의 영역에서 군림하는 고수들, 육체는 공력으로 강건해졌다고는 해도 의복까지 강건할 수는 없는 법.

그러나 초상승의 영역에 머무는 고수들은 진기가 의복에까지 영향을 미쳐 한낱 천도 강철로 만들 수 있다.

하물며 철혈성주 정도의 무공이라면 격전 중 의복이 찢어진다는 건 사건이라 불리어도 부족함이 없다.

"대단하다."

그의 입에서 순수한 감탄이 흘러나왔다.

"실로 놀라워. 기세를 읽고 파악은 했지만 이 정도로 성장했을 줄은 몰랐다. 장강의 고사(故事)를 내 직접 겪게 될 줄이야 상상도 못했지 뭔가."

여유롭게 발하는 목소리지만 침중하게 굳어지기도 한다.

상상 이상을 보여 준 무공, 진조월의 힘은 그저 느끼는 것과 실제로 보는 것이 확연하게 달랐다.

그야말로 속도의 신이 강림한 것 같았다.

어느새 철혈성주의 주변에 백성곡과 단기중, 임가연이 포진했다.

한순간의 공방 끝에 힘의 역장을 헤치고 틈을 노려 다가선 것이다.

사방에서 뿜어지는 거칠기 짝이 없는 기파.

대치했을 때와는 또 다른 중압감이다.

각자의 위치를 선점하여 기세를 증폭시키고 기망을 형성하는 것, 진법(陣法)이라 해도 과언이 아니다.

철혈성주의 얼굴이 더욱 굳어졌다.

가볍게 인사차 들른 와중이다.

말 그대로 인사나 할까 싶었지만 이러한 공방이 있을 수 있다고 생각은 했었다.

하지만 아무리 그래도 이렇게까지 퇴로가 막혀 버릴 줄은 상상도 못했다.

'오만했었던가.'

지닌바 능력에 대한 확신. 그것은 누구에게나 중요한 것.

그러나 확신이 오만으로 변모하는 순간 무인은 사지에 한 발 들인 것과 다를 바 없는 법이다.

철혈성주는 자신의 상상보다 훨씬 강해지고 훨씬 치명적으로 변한 그들의 성장에 기뻐해야 할지 난감해해야 할지 판단이 서질 않았다.

'아니다. 이들이 강해진 것.'

생각해 보니 오만은 아니다.

그는 자신의 능력을 누구보다 정확하게 파악하고 있었다.

변수라면, 상상 이상으로 강해진 이들.

철혈성주의 눈이 진조월에게 닿았다.

'특히나 이놈.'

이렇게까지 변모할 줄이야.

성내, 자신을 제외하고 이놈을 막을 수 있는 자가 존재하기나 할는지 확신할 수가 없다.

아니, 천하를 뒤져도 진조월을 맞상대할 만한 자가 얼마나 있을까.

어릴 때 사신지보(四神至寶)를 얻기 위해 제자로 삼았던 아이였다.

까마득히 어렸던 그 시절, 손가락 하나 놀릴 필요도 없이 눌러 죽일 수 있던 꼬맹이가 이제는 자신의 시선을 당당히 받아들일 수 있는 대호가 되어 눈앞에 나타났다.

'설마 네가 저 하늘이 내린 나의 대적자(對敵者)란 말이더냐.'

그럴 리는 없다.

하늘의 눈을 속이고 경계의 감시를 피했다.

마땅히 나타나야 할 천적(天敵)이 있을 수는 없다.

설령 일을 시행하면서 실수를 했다 한들, 대적자가 되기 위해서는 한참이나 어린놈이 아니던가.

철혈성주는 피식 웃으며 양손을 들어 올렸다.

"이거야 원. 일이 이렇게 되긴 했다만, 이대로 죽어 줄 수는 없지. 종전의 직전까지는 숨겨 두려 했지만 이렇게 된 이상 조금 과격한 인사를 해야 할 것 같군."

순간 그의 양손에서 시퍼런 돌풍이 불기 시작했다.

진조월은 물론 일동 모두가 놀랐다.

바람은 눈으로 볼 수가 없다. 움직이는 물체가 있어야 비로소 거기에 바람이 있다는 걸 느낄 수 있는 법이다.

한데도 철혈성주의 양손에 휘몰아치고 있는 바람은, 흑색(黑色)이라는 너무도 명확한 색깔을 유지한 채로 휘돌고 있었다.

아름답다고 할까…… . 장엄하기까지 한 광경이다.

사방으로 미친 듯한 돌풍이 모여들고 있었다.

"어디 잡술을!"

단기중의 주먹이 일직선으로 뻗어 나갔다.

천붕팔식? 안 된다.

상대는 철혈성주, 천하제일인이라 공인된 이 시대 최강자이며, 고금을 통틀어도 맞상대할 수 있을 자가 존재나 할까 의문인 작자.

지난바 사상이 참으로 고약하지만 무력은 인정해 줄 수밖에 없는 자라는 것이다.

그의 주먹이 파천종의 무시무시한 거력을 담은 채 회륜마식의 공력운용을 따라 뻗어 나갔다.

철혈성주의 팔뚝을 다 뒤덮은 흑색의 바람이 돌풍이라면, 단기중의 회륜마식은 광풍.

대기를 찢어발기며 나아가는 권경은 태산 같이 무거워 가히 산이라도 무너뜨릴 만했다.

패왕의 주먹은 신호탄이었다.

백성곡의 양손에서 뇌전의 광채가 뿜어지고 임가연의 유령검에서 보이지 않는 검기가 솟구친다. 진조월은 칠야검에서 재빨리 손을 떼고 철혈성주에게 양손을 쫙 뻗었다.

양손에 묵운풍천(墨雲風穿)의 술(術)을 쓰려던 철혈성주는 일순 몸이 덜컥 멈추는 것을 느꼈다.

멈추는 정도가 아니었다.

내부의 기혈이 들끓고 온몸의 뼈와 근육이 비명을 지른다.

사방, 외기가 무섭게 요동치며 극점을 향해 압축하려는 거력을 선사했다. 움직임 자체를 통제해 버리는 극한의 압력이었다.

'압벽장?!'

설마 압벽장이 여기서 나타날 줄이야.

지나치게 오랜만의 실전이라서 그런 것일까.

정말로 상상하지 못했다.

이곳에서 압벽장이 형성되다니!

더군다나 이 정도 수준, 대성에 이른 압벽장이다.

압벽장을 만들어서 직접 구현해 냈다는 과거 마도대종사(魔道大宗師) 천마(天魔)라 할지라도 이리 무시무시한 압력을 가할 수 있었는지 의문이 갈 정도다.

진조월은 진조월대로 놀라고 있었다.

'이런 힘이……!'

압벽장으로 철혈성주를 죽일 수 없다는 건 알고 있었다.

다만 행동에 압력을 가하는 수준이면 족했다.

그래도 최소한, 육체의 움직임을 제대로 통제시킬 줄 알았다.

한데 이게 도통 가능하지가 않다.

마제신기를 극한으로 끌어 올려 펼쳐 내는 데에도 온몸이 부들부들 떨릴 지경이다.

양팔로 시커먼 돌풍을 유지하는 와중에 어떤 힘을 구사하여 압벽장에 이리 저항하는지 경악스러울 따름이다.

그 모든 느낌은 그야말로 찰나.

철혈성주의 육신으로 투왕의 뇌운수와 살왕의 유령검기, 단기중의 회륜마식이 격중 했다.

꽈르릉!

무시무시한 힘의 역장이 주변을 감싸고 돌았다.

기와 기의 충돌, 공기가 극한으로 압축된다.

바닥에 깔린 돌멩이들이 가루로 흩어지고 저 멀리 떨어진 나무들은 중간부터 퍽퍽 터져 나갔다.

반경 십여 장이 초토화가 되는 건 순간이었다.

돌풍과 가루로 변한 자연의 잔재물들이 시야를 흐리게 만들고 그보다도 더 위협적인 기압이 사방을 짓누른다.

진조월과 백성곡의 눈이 빛난 건 그 순간이었다.

'위!'

진조월이 압벽장을 풀고 손가락으로 하늘을 가리켰다.

마제신기의 힘을 이어받은 지법, 혼천지(混天指)가 공기를 뚫고 송곳처럼 나아간다.

그리고 그보다도 더 빨리, 백성곡의 장력이 허공을 찢었다.

파아앙!

휘몰아치는 기압과 안개들이 훅 하고 사방으로 흩어졌다.

드러나는 놀라운 광경.

단기중의 눈이 굳어졌고, 임가연의 눈가가 살짝 떨렸다.

허공 높은 곳에서 가만히 손을 뻗은 채 떠 있는 철혈성주가 보였다.

허공답보(虛空踏步), 공중부양(空中浮揚)이라 할 만했다.

중력의 아무런 제약도 받지 아니하고 허공 높은 곳에 솟아오른 철혈성주의 모습은 전설 속의 신인(神人)의 모습과 다를 바 없었다.

철혈성주의 입이 천천히 열리며 건조한 목소리를 내뱉었다.

"역시나, 대단하군."

너덜너덜해진 소맷자락, 옆구리에는 작은 구멍이 뚫렸고 피가 배어 나온다.

백성곡의 장력에 행동이 제약 당하고, 그사이에 진조월의 혼천지가 옆구리에 기어코 구멍을 내 버린 것이다.

근접 자체를 불허, 육체가 불가침의 영역이 되어 버린 지 오래인 무의 화신 철혈성주.

피를 본 것이 얼마만일까.

수년, 수십 년 만에 무신(武神)의 자존심이 찢어졌다.

이 정도 되면 아무리 철혈성주라도 여유롭게 웃을 수가 없다.

그의 얼굴은 서리가 앉은 것 마냥 차갑게 굳어졌다.

"이렇게 된 이상, 가볍게 손을 섞는 건 무리라고 봐야겠지."

그의 몸에 거창한 기도가 물씬 풍겨 나왔다.

도대체 거기에서 더 뻗어 나올 수 있는 기파가 남아나 있었던 것인지, 경악스러울 따름이다.

사방을 짓누르는 무지막지한 기도로 숨조차 제대로 쉬어지지 않는다.

"이 나에게 피를 보게 한 대가는 제대로 치러야 할 것이다. 각오들 하라."

순간 철혈성주가 떠 있던 그곳에서부터 온도가 급강하하기 시작했다.

본래 따스한 날은 아니었지만 눈 깜짝할 새에 주변

으로 서리가 끼었다.

대기의 수분은 얼어붙고 꽝꽝 언 땅은 다시 짓눌러지는 기압 때문에 미친 듯이 갈라졌다.

진조월의 눈썹이 일그러졌다.

누구보다도 잘 알고 있는 무공.

술법과 무공의 합일, 철혈성주가 자랑하는 삼대무공, 삼천진해 중 하나.

"빙백류!"

제영정이 익힌 빙백류의 완전한 현신이었다.

같은 빙백류였지만 도무지 같다고 볼 수가 없다.

힘을 개방하는 것만으로도 움직임에 제약이 받고 의복이 얼어 나간다.

이 드넓은 영역이, 힘의 개방만으로 얼어붙고 있다는 건 이미 철혈성주의 무공이 인간의 영역을 한참이나 넘어서고 있다는 방증이리라.

백성곡이 조용히 입을 열었다.

"모두 조심하게. 공격보다 수세에 집중하고 틈을 만들어야 할 게야."

다른 누구도 아닌 백성곡의 말. 진실한 무력을 꺼내보이는 철혈성주, 백성곡 정도가 아니라면 맞상대하기가 불가능하다.

철혈성주의 입에서 피식 웃음이 새어 나왔다.

"이왕 온 것, 숙적 한 명의 목숨 정도는 앗아 가는 것도 나쁘지 않겠지."

무서운 발언이었다.

여기서 누구 한 명은 죽이고 돌아가겠다는, 너무나도 자연스럽고 자신감 넘치는 말투였다.

그의 몸에 순간 그 자리에서 사라졌다.

진조월의 눈이 찰나지간 빛났다.

'뒤?!'

퍼어억!

땅이 포탄에 맞은 것처럼 구덩이가 생겼다. 부서진 땅거죽, 하지만 그곳 일대가 새하얗게 얼었다.

거의 본능에 따라 앞으로 나서 일격을 피했지만, 등줄기가 서늘해지는 일격이었다.

막을 수 없는 힘, 스치기만 해도 치명적이다. 수세에 집중하라는 백성곡의 말이 그렇게도 와 닿을 수가 없다.

동시에 백성곡의 몸이 철혈성주의 전면에 솟았다.

말 그대로 번개와 같은 움직임. 그의 양 주먹이 강철

처럼 쥐어지며 철혈성주에게 우박처럼 쏟아지고 마찬가지로 철혈성주의 양손 역시 못지않은 빠름으로 응수해 나간다.

쾅! 콰쾅!

무시무시한 격전이었다.

서로를 향해 주먹을 내미는 두 노장의 싸움.

뼈로 이루어진 주먹으로 치고받는데도 폭음이 터진다. 주먹질 한 번, 한 번에 거암(巨巖)이 가루로 변할 만한 만 근의 힘이 깃들었다.

절대의 영역에 넘어선 반선(半仙)들의 싸움은 이와 같을까.

찰나에 목숨이 날아가고 일격에 지형지물을 바꾼다.

어지간한 고수들이 떼거리로 몰려들어도 이들의 일수를 버티지 못한 채 죽음을 피하지 못할 터.

진조월의 눈이 예리하게 빛났다.

'위험하다.'

백성곡은 무리를 하고 있었다.

아직 내공도 완전히 갈무리하지 못한 상태.

마기를 걷어 낸 것이 얼마 되지 않았다.

이 정도 영역의 고수들에게 한 끗 차이는 승패를 결

정짓는 절대적 요소라 봐도 무방하거늘 이미 시작부터 백성곡은 온전한 힘을 가진 채 나타난 철혈성주와 달리 문제가 있었다.

패배의 요소가 되기에 부족함이 없는 것이다.

쾅! 쾅! 쾅!

조금씩, 조금씩.

백성곡이 밀리고 있다.

두 발을 땅에 딛고 눈에 보이지 않을 공방을 주고받는 와중이지만 셋은 누구보다도 확실하게 느끼고 있었다. 백성곡의 기도가 조금씩이지만 파랑을 일으킨다.

고수들의 전투에서 한 번 밀려난다는 것은, 다시 승기를 쥐기가 거의 불가능하다는 뜻과 같다.

상대방이 방심을 해 준다면야 고맙겠지만, 그만한 영역을 구축한 고수들이 방심 따위를 할 리가 없다.

백성곡의 이마에 핏줄이 섰다.

철혈성주의 말은 그만한 무게가 있다.

진짜로 이들 중 한 명을 죽일 생각이었고, 그것이 누가 되었든 내뱉은 말을 진실로 바꿀 만한 힘이 있다.

그래서 백성곡이 무작정 전면으로 나서 희대의 격전을 벌이고 있는 것이다.

그것은 단기중이나 임가연도 충분히 알고 있었다.

그렇다고 섣불리 덤벼들지도 못한다.

그것은 도움이 될 수도 있겠지만 달리 보면 백성곡의 집중력을 저하시킬 수도 있는 행동이다.

설령 팔 하나가 날아가도 절대고수 한 명의 목숨을 앗아 간다면 철혈성주는 진정 그리할 것이다.

그래서 그가 무서운 것이다.

피 한 방울을 흘려 절대자로서 투기를 일깨웠지만, 필요하다면 팔 하나라도 떼어 놓을 만한 독심이 있다.

'그렇다면.'

백성곡의 집중력을 저하시키지 않는 선에서.

철혈성주에게 손해가 갈 수 있도록.

진조월의 시선이 자신의 허리춤으로 향했다. 거기에는 묵색의 장검, 정기가 충만한 제왕신병 칠야검이 있었다.

검제의 독문병기.

강호를 살아가는 누구에게든 대단한 의미가 될 수 있는 검. 그건 철혈성주에게도 마찬가지일 터.

하물며 검제는 호법의 위치로 철혈성에 거한 인물이 아니었던가.

진조월의 신형이 유령처럼 뒤로 돌아가 철혈성주의 측면에 나타났다.

등 뒤를 노리는 암습이 아니다.

볼 테면 봐라, 나는 널 공격하겠다라는 당당한 의지가 깃든 움직임이다.

천하제일검, 검제의 독문병기를 쥔 진조월이 마침내 불의의 일격을 선사했다.

장만위의 가르침대로, 깨달음을 육체에 새긴 그대로.

바르게 쥔 칠야검이 마침내 탄력적인 발검(拔劍)으로 나아가 철혈성주의 하단을 노렸다.

기와 기의 충돌 사이를 노린 절묘한 일격이었다. 경력을 모조리 헤집고 들어간 발검이다.

철혈성주의 눈이 진조월을 향하고 동시에 그가 쥔 검을 보았으며 이내 거칠게 흔들린다.

'칠야검?!'

하늘 아래, 당무환을 제외한다면 유일하게 자신에게 치명적인 일격을 가할 수 있는 독아(毒牙)의 병기.

무력의 문제가 아니라, 상극의 문제였다.

'어째서 그걸 네놈이?!'

칠야검은 검 자체만으로도 술사들에게 치명적이다.

신검현기로 수십 년간 제련이 된 병기.

이미 기가 극에 이르러 병기에 머물렀으며 일격만 허용해도 내부에 술력이 깨져 나간다. 그것은 곧, 철혈성주에게 있어 근본이 흔들린다는 뜻과 같았다.

술력 파괴의 힘.

그것이 철혈성주에게 송곳처럼 쏘아지고 있는 것이다.

찰나에 찰나를 쪼갠 그 순간.

밀리던 백성곡 역시 철혈성주의 집중력에 문제가 생겼음을 깨달았다.

그의 주먹이 한층 강렬한 면모를 보이며 철혈성주의 상단을 노리고 나아갔다.

파삭!

절묘한 움직임이다.

이처럼 격렬한 격전을 치르는 와중에도 진조월의 검을 피하며 백성곡의 주먹까지 피해 낸다.

눈과 혀가 돌아갈 만한 움직임이었다.

실전을 치른 지 오래 되었을 것이 분명한데도, 그의 몸놀림은 신기에 이르러 있었다.

칠야검이 머리털 하나 두께로 빗나가고 백성곡의 강력한 일권도 철혈성주의 머리카락만을 스쳤다. 천하제

일, 극강의 무력을 가진 철혈성주조차도 모골이 송연
해진 순간이었다. 까딱 잘못했으면 바로 죽음으로 이
어질 뻔했다.

파바바박!

군림마황보법의 순에 따라 급속도로 철혈성주에게
붙은 진조월이었다.

백성곡이 말릴 틈도 없다. 그의 검이 유장한 움직임
을 보이며 철혈성주의 전신에 가득 쏟아졌다.

검법의 절묘함도 대단히 위협적이었지만, 병기 자체
만으로도 위협이 극에 달한다.

기를 운용하여 받아넘길 수 있다지만 실제로 부딪치
면 손해가 막심할 터.

백성곡의 눈이 빛났다.

'오왕의 검을 피한다……?'

맞상대하길 꺼려 하는 기색이다. 천하의 철혈성주가.

이유는 모르겠지만 이건 기회다.

백성곡이 그 뇌운과 같은 움직임으로 순식간에 철혈
성주의 후방을 점하며 벼락같은 일수를 뻗었다.

뇌운벽력수, 뇌정의 기운을 담은 극강의 힘이었다.

쩌저저정!

기와 기의 충돌.

처음으로 철혈성주의 움직임이 다급해졌다.

앞에서 독아를 머금은 호랑이가 덤비는데, 뒤에서도 막강한 투기를 발산하는 용 한 마리가 접근한다.

용호의 무자비한 공격력, 아무리 천하 최강의 칭호를 받은 철혈성주라도 생명의 위협을 느낄 수밖에 없다.

'별 수 없군.'

하늘의 시선을 피하기 위해 결코 꺼내려 하지 않았던 힘.

세상 만물, 기의 오묘한 조화로 이루어진 결과물들이다.

신이 아니라면 감히 기로 물체를 만들어 낼 수가 없는 법. 그러나 술법과 무공 양쪽 모두 초월자로서의 위치에 서서 세상을 관망했던 철혈성주는 일시적이지만 기로 물체를 만들어 내는 것이 가능했다.

그 지고한 경지, 신인의 공부.

철혈성주의 손에서 한 자루 도(刀)가 튀어 나온 것은 막 칠야검이 그의 목을 노리고 백성곡의 장력이 등판을 짓이기려 할 때였다.

파아아아악!

모든 공격이, 무위로 돌아가고야 말았다.

진조월이 삼장이나 물러서 자세를 잡았고, 백성곡 역시 소매가 잘린 채 뒤로 물러섰다.

철혈성주의 손에 들린 도가 그들의 눈에 하얗도록 비쳐 들었다.

어디서 나타난 것인가.

손잡이부터 날카로운 도신(刀身)까지.

균형과 병기로서의 미(美)가 완성에 달한 칼이었다.

삼 척 장도(三尺長刀), 황금빛 몸체를 한 장도가 철혈성주의 손에 들렸다.

백성곡과 진조월은 저 금도(金刀)를 보며 본능적으로 깨달았다.

이 세상에 존재해서는 안 될 병기.

병기라는 말 자체가 어색할 정도로, 그야말로 자연이 선사하는 모든 기가 극도로 응축이 된 신병이기(神兵異器)가 모습을 드러냈다.

기를 유형화 하는 진기성강(眞氣成罡)의 경지가 있다지만, 이것은 단순히 유형화 하는 수준이 아니다.

기를 모으고 다듬어서 금기(金氣)를 집약해 물체를 만들어 낸 것. 신이 아니라면 감히 시도조차 할 수 없는 초절한 공부의 실체다.

철혈성주가 다소 씁쓸한 미소를 지었다.

"반천금황도(反天金皇刀)를 꺼내게 만들다니. 정말이 정도면 놀랄 만한 수준을 넘어섰어. 감동적인 무력이다. 그대들의 힘에 찬사를 보내지."

동시에 그의 얼굴이 흉신악살처럼 변모했다.

도저히 같은 사람이라고 볼 수 없을 정도로 바뀌어 버린 얼굴, 악마의 얼굴이었다.

"하늘의 시선을 피하고자 했으나 이제는 시작이 되어 버린 대계, 어차피 앞당겨져도 문제는 없을 터. 성에서의 일전을 원했지만 상황이 이렇게 되니 잡다한 문제는 따지지 않겠다. 여기서 네놈들을 묻어야겠어."

이해하기 힘든 말이지만 정확한 의지 하나는 알겠다.

철혈성주가 진짜 힘을 드러낸다는 것.

지금까지의 무력만 해도 괴물이라 불리기에 부족함이 없었다. 하지만 저 칼을 꺼내 든 시기부터는 아예 인간이라 불릴 수 없는 기도를 내보이고 있다.

백성곡의 몸에서 투신기가 물씬 풍겨 나왔다. 굳이 숨기지 않는 기분, 긴장하고 있다는 증거였다.

"오왕, 조심하게. 이전과 달라. 진짜로 온다."

"알고 있소."

단기중도 그들 옆에 섰다.

이제는 누구 하나를 노리는 게 아니라 모든 이들을 위협하겠다고 기파로 얘기하는 철혈성주다.

진정 힘을 합쳐야 할 때가 온 것이다.

임가연의 기는 사라졌다.

이곳 영역 어딘가에 숨어 살수를 노리고 있는 것이다.

철혈성주가 비릿한 웃음을 지었다.

"막을 수 있을 것 같나? 지금의 나를?"

자존심, 자만심.

그러한 문제가 아니다. 말이 실재로 변모한다.

하늘의 시선을 무시하며 반신의 힘을 내려는 철혈성주의 다짐은 결과가 명확하다고 확신되고 있었다.

"어디 한 번 막아 보시게."

우웅.

철혈성주의 몸이 사라졌다.

백성곡과 진조월, 단기중의 눈이 크게 뜨였다.

멀쩡히 보고 있었는데, 상대의 신형이 사라졌다.

애초에 눈으로 보는 경지를 넘어 마음과 감각으로 상대를 파악하는 경지에 든 세 사람이었지만, 역시나

절대적인 무력을 가진 세 사람의 안력조차 따라잡을
수 없다는 것은 충격적일 따름이다.

눈으로 보고 쫓으면 십 할의 확률로 죽는다.

본능, 감각으로 느껴야 한다.

진조월이 고개를 숙였고 백성곡이 한 발자국 뒤로
물러섰다. 단기중은 철판교의 수법으로 몸을 뉘였다.

파아아아!

환청처럼 들리는 소리.

공간이 말 그대로 쪼개졌다.

섬뜩해지는 순간이다.

찰나만 늦었어도 목이 날아가고 상체와 하체가 분리
되었을 터, 세 왕의 몸도 급격하게 움직였다.

일대종사에 이른 세 명의 힘.

검과 주먹이 허공을 찢고 나아가지만 철혈성주의 몸
은 몇 개라도 되는 것 마냥, 순식간에 수십 명으로 불
어났다.

술법이 아니다.

속도의 영역을 한참이나 넘어선 불세출의 신기(神
技), 진정한 의미의 분신(分身)이었다.

수십 명의 철혈성주가 나타남과 동시에 허공에서 기

이한 폭발이 일어났다.

언제 어디서 터질지 모르는 폭발력, 인간의 육신으로 지나치게 빨리 움직임에 공기가 터지고 있다.

휘말리는 순간 육체는 진흙덩이처럼 부서져 나갈 것이다.

"이만 죽게나."

동시에 발해지는 목소리.

귀청이 떨어져나갈 것 같은 외침은 음공(音功)이라 불리어도 부족함이 없다.

백성곡의 입에서 사자후가 터졌다.

"갈!"

역시나, 백성곡은 백성곡.

종사급의 무력을 가진 진조월이나 단기중조차 눈으로 쫓을 수 없고 감각으로 파악하기 어려운 철혈성주의 무공들을 빠르게 따라잡고 있었다.

칠왕수좌, 천하제일을 다투는 무력은 결코 과장된 것이 아니었다.

수십 명의 철혈성주들이 금황도를 들고 내려친다.

그 숫자만큼의 도광(刀光)이 공간을 점유하고 다가온다.

번개가 이보다 빠를까. 궁극의 위협.

단기중의 파천종이 극성으로 달아오르고 진조월의 마제신기는 완전무결한 방어를 위해 솟구쳤다.

파바바바박!

오로지 도광을 막기 위해서 내공의 절반이 날아가 버렸다.

단기중의 입에서 피가 터졌다. 베이진 않았으나 반탄력이 실로 무시무시해서 내상을 입은 것이다.

진조월이라고 크게 다를 바 없었다. 다만 마제신기의 공능 덕택에 충격완화가 쉬웠다는 점이 다를 뿐이다.

그 자신조차도 완전하게 이해하지 못한 신기의 공능, 철혈성주가 가진 능력의 근간이 술력에 기인했기에 생긴 이점이다.

화아악!

빛무리가 터지면서 철혈성주의 신형이 하나로 겹친다.

겹침과 나아감이 동시였다.

약해진 단기중, 그 하나를 일단 죽이고 보겠다는 듯 번개처럼 움직였다.

절체절명의 순간이었다.

2.
천하정점(天下頂點) (2)

철혈성 내에서도 최고의 비사(秘事)를 관장하며 무신 철혈성주의 최측근이자 성내에서 아는 이도 거의 없는 공만호(孔萬護)는 흔들리지 않는 시선으로 창밖을 바라보았다.

절대적인 비지 비선각의 각주.

철혈성주가 철혈성주이기 이전부터 함께 해 왔으며 암중(暗中)에서 모든 일을 꾸며 낸 핵심 중에 핵심이다.

공만호의 적안(赤眼)에서 기이한 빛이 일렁였다.

'이제 곧 완성인가…….'

수십 년 동안 기반을 쌓았으며 재료를 모아 왔다.

가장 중요한 재료, 인간의 재료는 이십여 년 전에 차근차근 수집했다.

이십 년을 넘나드는 세월 동안 행한 대법(大法).

그 자체만으로도 가공하다 할 수 있겠다.

까마득한 고대에부터 술사들이 존재했으니 철혈성주와 같은 생각을 한 이들이 없을 수는 없을 것이다.

그러나 그것을 상상에서 그치지 않고 직접 현세에 구현해 낸 자는 철혈성주가 유일할 것이다.

동시에 그를 하늘의 영역까지 끌어올려다 주는 조력자 역시 자신이 사상초유일 것이다. 공만호는 가벼운 흥분을 느꼈다.

세상에는 우화등선(羽化登仙)한 도인들이 있다고 한다.

누군가는 그것을 허풍이 가득 섞인 허구의 이야기로 보았고, 누군가는 그것을 죽음의 다른 단어로서 받아들였다.

그러나 술사, 하늘의 힘을 부여받은 대신 고정된 부동자로서의 삶을 영위했던 공만호는 우화등선이라는 것이 어떠한 것인지 진실로 알고 있었다.

우화등선. 신선이 되는 것.

인간의 육신을 벗어던지고 빛의 영으로 화한다.

불교에서 본다면 진정한 의미의 해탈이라고 할 수 있다.

무(武)로써도 문(文)으로써도, 또한 그 어느 영역에서도 궁극에 이르면 도달할 수 있는 경지.

그저 세상을 살아가던 범부가 불현듯 깨달음을 얻어 자연의 이치를 몸에 담고 그 자리에서 세상으로 녹아드는 사례도 몇 번 있었다.

땅에서 나온 생령은 결국 죽어서 땅속으로 녹아든다. 자연에서 나와 자연으로 돌아가는 것이다.

그러나 이치를 깨달은 자들은 또 다르다.

자연으로 돌아가나, 고귀한 혼(魂)은 명백한 주체로써 세상 속으로 녹아 대지의 일원이 된다.

그저 죽는 것과 깨달음을 얻어 말 그대로 승천(昇天)하는 것은 명확히 다르다.

그리고 철혈성주가 원하는 것은, 보다 고차원적이고, 보다 거대하며 보다 숭고한 것.

그것을 두 눈으로 보게 되는 것 자체가 술사들에게는 축복이자 환희이다.

공만호는 그래서 그의 곁에 머무르며 전설을 만들어 갈 사람으로서 존재했다.

앞으로 칠 일.

칠 일이 지나면 모든 것이 끝난다.

하북 일대와 장안(長安) 일대, 사천 일대의 세 지역에 펼쳐 놓은 마의 진이 가동하면 십만 팔천의 목숨이 사라질 것이고, 그 힘을 오롯이 받아 사람이 신으로 변모하는 광경을 눈으로 볼 수 있을 것이다.

그렇게 홀로 기쁨에 젖었을 때였다.

"각주님."

"무어냐."

"부성주님께서 보길 청하십니다."

"부성주님이?"

공만호의 눈이 반짝였다.

부성주라면 바로 도제 섭평, 전 시대는 물론 이 시대에서도 최강을 논하는 고수 중 한 명이다.

더군다나 한참이나 연배가 어린 철혈성주의 계획에 동참하여 부성주의 자리까지 꿰찬, 성주에게나 공만호에게나 특별한 존재라 할 수 있었다.

"서호신가와 무당파, 두 곳을 벌써 해결하고 오신

겐가? 놀랍군. 역시 부성주님이시다. 어서 모셔 오너라."

"예."

잠시 후 문이 열리고 한 명의 장정이 들어섰다.

적백의 색깔이 놀라우리만치 역동적인 갑주를 입은 사람이다.

대단한 위엄, 겉으로 보기에 감히 상상할 수 없는 연륜이 두 눈에 가득했다.

한 손에 들린 신병이기, 청룡언월도도 여전했다. 존재 자체에 이미 군왕의 힘이 그득하다.

공만호가 천천히 고개를 숙였다.

"부성주님을 뵙습니다."

"음."

천천히 자리에 앉는 두 사람.

공만호의 눈이 일렁였다.

간만에 본 부성주, 그의 모습은 이전과 다를 바 없었지만 어딘가가 달라져 있었다.

위엄도 그대로고 몸에서 풍기는 기파 역시 무시무시했지만, 그래도 뭔가가 다르다.

예리한 안목, 신에 이른 관찰력이었다.

"부성주님. 혹…… 어디 불편하신지?"

그렇다.

섭평의 안색이 조금 창백하다.

온몸에서 뿜어지는 기파와 달리 육신의 강건함이 떨어진 느낌이다.

'내상을?'

천하의 도제 섭평이 내상을 입는다?

도대체 천하에 누가 있어 이런 일을 벌일 수 있을까. 공만호는 유난히 말이 없는 섭평을 보며 빠르게 말을 이어 갔다.

"부성주님, 다치셨습니까?"

"그렇게 되었지."

우렁우렁한 목소리도 그대로다.

그러나 탁하다. 각혈을 몇 번 한 목소리.

공만호의 얼굴에 긴장의 빛이 떠올랐다. 섭평이 당했다는 것, 보통 일이 아니었다.

"뭔가 일이 잘못된 것은 아닌지요?"

"무당파."

"예?"

"무당파. 진실로 강하더군. 적도사왕, 네 명이 불귀

의 객이 되었다. 자칫 잘못했으면 나까지 사라질 뻔했지. 삼청보검의 수호자, 무서운 인물들이 도사리고 있더군."

깜짝 놀랄 만한 발언이었다. 공만호는 진정으로 경악했다.

섭평. 거의 무적이라 칭할 만한 절대적 역량의 고수였다.

검제 장만위가 이전 세대 천하제일이라 했지만 섭평 역시 검제에 못지않은 고수였고, 어떤 의미로는 장만위보다도 무서웠던 자가 섭평 아니던가.

그런 그가, 무당파를 감당하지 못하고 돌아왔다 말하고 있다.

아무리 황실의 지원을 받는 문파라 하지만 그 정도의 역량을 가지고 있던가.

무당파 전체의 무력을 맞상대하기에는 섭평으로서도 부담이 갈 터이지만, 삼청보검 하나의 탈취라면 적도 사왕이 필요 없이, 단신으로도 충분히 가능한 무인이 바로 섭평이다.

절대고수가 괜히 절대고수라 불리는 게 아닌 것이다.

"무당파가…… 그리 강했던가요?"

"현천도장이 누구인지 자넨 알고 있었는가."

"현천도장이라면 무당파의 장문인이 아닙니까?"

"그렇지. 무당의 장문인이지. 도력이 충만했던 무당파를 당금 최고의 무파로 끌어올린 일세의 거인. 그러나 그는 단순히 칭찬 받아 마땅할 그러한 도문의 장문인만이 아니었어."

잠깐 눈을 감은 섭평이 천천히 입을 열었다.

"강청하(姜淸河). 현천도장의 정체는 강청하였다."

"강청하!"

근래에 들어 이만큼 놀랐던 적이 또 있었던가.

강청하라는 이름 석 자.

단순히 흘려들을 만한 이름이 결코 아니었다.

강청하는 다름 아닌, 현 철혈성주의 사제가 되는 사람이자, 과거 어린 나이로 철혈성주와 함께 천하제일을 다투었던 술사이자 무인이었다.

"그것이 사실입니까?"

"세월이 지나도 잊을 수 없는 얼굴이지. 아니, 얼굴은 잊는다 해도 그 기세가, 육신에 머금은 힘을 나는 잊을 수 없어. 성주의 술력근간이라 할 수 있는 진천대력(振天大力). 무당의 태극진기(太極眞氣)로 감추어

두었다고 하지만 자연스레 풍기는 드높은 기도가 놀라우리만치 같았다. 분명 강청하야. 확신한다."

섭평이 그러하다면, 진정 그러할 것이다.

공만호의 안색이 차갑게 굳어졌다.

강청하가 무당파 장문인이라면 이거 보통 일이 아니다.

그는 모든 것을 다 알고 있다.

전대 철혈성주를 몰아내면서 그의 사제인 강청하 역시 호북의 한 야산에서 목숨을 빼앗았다고 생각했거늘 이렇게 말도 안 되는 곳에서, 말도 안 되는 신분으로, 말도 안 되는 보물을 지키면서 나타날 줄이야.

"강청하…… 살아 있었군. 그가 삼청보검을 지키고 있었다면 분명 대단한 방진을 구축하고 있었겠군요."

"아니, 아니야. 그를 보긴 했지만 삼청보검을 지키는 자들은 따로 있었다."

"예? 그 무슨?"

섭평은 잠시 입을 다물었다. 뭔가 믿을 수 없는 이야기를 할 모양, 공만호의 얼굴이 절로 굳어지고 있었다.

이윽고 나오는 충격적인 사실.

"화산무제(華山武帝)에 소림권신(少林拳神), 광룡

제(狂龍帝)에 비문성수(秘門聖手)까지 있더군."

경악스러운 이름들이다.

화산무제와 소림권신, 둘 모두 이전 세대 천하십대 고수들로, 검제 장만위, 도제 섭평과 이름을 나란히 했던 고수들이다.

광룡제 역시 마찬가지, 나이가 어려 다소 약하다 평가되었으나 지닌바 재능이 하늘에 닿아 이미 옛날에 절대적인 영역을 구축했던 무적의 고수다.

비문성수는 어떠한가. 다른 셋에 비해 연배도 무공도 낮다고 하지만, 보타의 성검(聖劍)을 이은 자로서 검후(劍后)라고까지 불린다.

더군다나 그녀는 무공으로도 대단하지만, 최상승에 이른 상단전 무공구결인 무애광륜법까지 지녔으며 연화불사까지 손에 쥔 불세출의 여걸이다.

고도의 술법도 그녀에게 걸리면 무용지물이 되어 버리고야 말 것이다.

이 정도의 초강수를 둘 줄이야.

"강청하, 알고 있었을 것이다. 삼청보검을 노리러 오는 줄. 삼청보검은 사신지보 다음으로 중요하다 여겨지는 술력 최고의 신검(神劍)이야. 실상 사신지보가 필요 없어진 우리에게는 다른 모든 걸 포기하더라도 얻어야만 하는 천고의 보물이다. 그런 보물을 노리러 오는 자, 평범할 리 없다는 걸 알고 있었겠지. 어떻게든 싸웠지만 내 몸 하나 건사하기도 어려웠다."

당연히 그랬을 것이다.

오히려 살아 돌아온 섭평의 생존 능력과 무력이 대단하다 해야 할 터.

화산무제에 소림권신 둘만 해도 섭평을 충분히 죽일 수 있었을 텐데, 거기에 광룡제와 비문성수까지 있었다면 절대 사지라 해도 과언이 아니다.

"회복할 신단(神丹) 하나만 복용한 후 다시 삼청보검이 있는 곳으로 도달하고 탈취, 재차 오는 데에 소요되는 총시간이 닷새다. 줄이고 또 줄인 것이 닷새야. 지금의 나로서는 부담이 갈 수밖에 없는 일인 즉, 지금 성내에 필요한 전력들이 다소 분산된 상황이니⋯⋯."

섭평의 눈에 광채가 어렸다.

"비선각을 열어야겠어."

"⋯⋯결국 그렇게 되는군요."

"별 수 없는 일이야. 신중을 기해야 할 일이지. 도박을 걸 수는 없어. 확실하게 탈취할 수 있을 실력자를 보내야만 하는데 원로원의 노괴들은 그런 일에는 끼지 않을 테지. 비선각. 비선각이 답이다. 어쩔 수 없어."

"그래도 극단적인 선택이라는 것에는 변함이 없습니다."

"극단적인 만큼 허를 찌르는 일격이지."

달리 반박할 말이 없었다. 굳이 반박하고 싶지도 않은 것이, 섭평의 말은 사실이었기 때문이다.

"성주님의 허가가 있어야 할 듯한데."

"성주가 여기에 없나?"

공만호의 눈이 빛났다.

"천안의 경계에서 잠시 벗어나셨습니다. 칠왕들에게 인사나 한 번 하고 오시겠답니다. 그래서……."

그때였다.

공만호의 머리를 쭈뼛하게 만드는 뭔가가 있었다.

수천 개의 바늘이 모공 하나하나를 찌르는 기분이다.

온몸에 술력이 들끓었다. 조용했던 집무실 안이 공만호의 강제적 술력개방으로 인해 미친 듯한 광풍이 불어 닥친다.

"왜 그러나? 무슨 문제라도 있는가?"

"성주님이 위험합니다."

"뭐라?"

공만호의 눈은 이미 창밖을 보고 있었다.

저 어딘가에 있을 철혈성주를 보고 있는지 희미하게 떨리는 눈빛이 가늠하기 어려운 급박함을 담고 있다.

이미 성내 주거하고 있는 주요 술법사들과 하나의 영체(靈體)를 이루고 있는 철혈성주다. 철혈성주의 위급함은 성내 모든 술사들이 알아챘다.

미리 벌어지기도 전에 알아 버리는 신기. 예지라 해도 과언이 아니다.

"기별이 없는 양문을 제외한 나머지 여섯 술사들을 보내야겠습니다. 급해요. 시간이 없습니다. 이러다가는……!"

"많이 위험한가?"

"돌이킬 수 없는 사태가 일어날 수도 있습니다."


＊　　　　　＊　　　　　＊


"안 돼!"

백성곡보다도 먼저 움직인 진조월이었다.

내상을 입었지만 마제신기의 힘으로 상처를 수복함

과 동시에 발출한다.

묵색의 장검이 허공을 가르고 반월형의 광채를 머금
는다. 그 어떠한 검법에서도 찾아보기 힘든 깨달음과
예리함이 무시무시한 검력(劍力)을 타고 넘실거렸다.

본능적으로 내친 파괴의 검도(劍道).

훗날 전설처럼 회자가 될 무력의 화신, 철혈제 진조
월의 독문검공(獨門劍功) 마제파공검(魔帝破空劍)이
온전한 위력을 처음으로 선보여진 것이다.

기어이 단기중을 쪼개 버리려던 철혈성주는 무지막
지한 속도로 자신을 덮치는 검력의 파도를 느끼며 재
빠르게 뒤로 물러섰다.

공인된 천하제일인인 철혈성주조차, 한순간 죽음을
떠올리게 만들 정도로 막강한 힘이 전면을 휩쓸었다.

파르르! 콰콰쾅!

땅이 진동하고 파괴의 흔적이 길게 새겨진다.

전설 속에 등장하는 괴조(怪鳥)가 거대한 발톱으로
할퀸 것처럼 철혈성주와 단기중 사이로 수십 줄기의
고랑이 거칠게 파였다.

무시무시한 광경.

인간의 영역을 넘어선 힘이었다. 찰나간에 내친 검

력이라고는 믿을 수 없는 위력.

십여 장에 이르는 검력의 흔적은 이곳에 있는 모두를 경악케 만들 만큼 소름끼치는 자상이었다.

단번에 싸움은 소강상태로 접어들었다.

절대고수라 할 수 있는 이들의 싸움을 멈추게 할 만큼 엄청난 검공이었다.

모든 이들의 시선이 진조월을 향했다.

진조월조차 어리둥절할 정도의 파괴력이었다.

어렴풋이 가능할 것 같았고 위력의 강함이 대단하리라 생각은 했지만, 이 정도일 줄은 미처 몰랐다.

공간을 파괴하며 나아가는 마제의 검.

진조월의 눈이 놀라움에서 다짐으로 변한 것도 순간이다.

'할 수 있다.'

이만한 검력이라면.

이 정도의 패력을 구사할 수 있는 검법이라면 가능하다.

'잡을 수 있어!'

그의 몸이 철혈성주의 전면에 솟았다.

언제 보아도 놀라운 군림마황보법의 힘이었다. 진조

월의 장검이 무수한 환상을 그리며 철혈성주를 압박했다.

"네놈이!"

경탄과 분노가 섞인 목소리였다.

그의 금황도가 삼천진해 중 하나, 참사도법(斬死刀法)의 투로를 따라 움직였다.

죽음마저 베어 버린다는 살기 짙은 무공.

진조월의 칠야검에 맞서, 철혈성주도 자신의 가장 강력한 무공절기를 꺼내 들었다.

쩌저저저정!

검과 도가 부딪치며 격렬한 음파를 만들어 냈다.

진조월은 이를 악물었다.

한순간의 깨달음으로 풀어낸 검법이다.

그 위력은 시간이 지날수록 강해지고 정교해지며, 마침내 하나의 완성을 향해 질주하고 있었지만 동시에 철혈성주가 내치는 도법의 힘 때문에 입는 내상도 심해지고 있었다.

한 번 부딪칠 때마다 온몸이 흔들리고 기혈이 뒤틀린다. 마제신기가 아니었다면 세 합을 넘기기도 전에 피를 토하고 죽었을 터.

닿기만 해도 침투되는 공력의 힘, 죽을 것만 같은 고통이 정신을 아찔하게 만들었다.

'엄청나다.'

존재감, 기파, 자존심.

외적으로 보고 느끼는 것과 직접 칼을 마주하여 부딪치는 것과는 충격의 농도가 아예 달랐다.

칠야검을 쥔 손에는 이미 감각이 없었고, 바닥을 박차는 두 발은 천 근의 쇠사슬을 매단 것처럼 무거웠다.

불공대천의 원수, 기어코 죽이겠다는 극한의 분노가 없었다면 허물어졌을 육신이었다.

철혈성주가 진조월에게 분노와 감탄을 느꼈다면, 진조월 역시 신에 이른 그의 무력에 경악을 금치 못했다. 몸 곳곳이 부서질 것만 같았다.

그러나 이 신인들의 싸움을 보는 사람들의 놀라움만 할까.

단기중은 내상조차 잊은 채 질린 표정이었고, 백성곡은 허, 하며 웃었다.

비록 밀리는 기색이 있다고는 해도, 믿을 수 없을 만큼 강력한 검법을 구사하며 저 철혈성주와 손속을 섞고 있는 진조월의 존재는 경이적이라 할 만했다.

이립의 나이.

어떠한 신공과도 비교할 수 없는 강인한 내공.

거기에 천하제일이라는 철혈성주와 맞상대가 가능한 검법까지 갖추고 있다.

당장은 천하제일이 아니라 해도, 오 년만 지나면 이 젊은 나이로 천하제일인을 바라볼 수 있을 것 같았다.

아니, 당장 철혈성주만 없다면 이미 그가 대륙 최강이라 해도 무방할 듯하다.

도대체가 끼어들 틈이 없었다.

속도의 한계, 힘의 한계조차 넘어선 무신들의 격전이었다.

하지만 결국 파탄을 드러내는 건 진조월일 수밖에 없었다. 내상의 문제도 문제거니와 철혈성주와 온전한 일전을 벌이기에는 아직 그의 깨달음이 철혈성주에 비해 낮았던 것이다.

"쿨럭!"

기어이 피를 토하고야 만다.

시뻘건 선혈이 허공을 수놓으며 아릿하게 퍼진다.

토하는 와중에도 눈과 감각은 상대를 쫓는다.

고통은 모조리 무시하고 살의만을 싹 틔우는 진조월.

시간이 지날수록 상처는 심각해지지만, 상대를 잡겠다는 의지만큼은 무서우리만치 증가하고 있었다.

파아악!

진조월의 얼굴에 한 줄기 도상이 새겨진다.

좌측 볼에서 우측 볼까지, 콧날을 가로지르며 생긴 도상이었다.

평생을 안고 가야 할 상처.

조금만 깊었어도 머리가 날아갔을 테니 다행이라고 해야 할지.

그러나 그의 검은 멈추지 않고 전진했다.

죽음의 공포 따위 이미 날려 보낸 지 오래였다. 자신의 목숨을 귀히 여기지 않는 자, 상대의 목숨도 귀하게 여기지 않는 법이라지만, 정도를 벗어난 살의는 세상 모든 이치를 무시한 채, 이미 철혈성주의 턱밑을 파고들었다.

철혈성주의 얼굴에 급박함이 묻어 나왔다.

'이런 미친!'

금황도가 지나가는 자리에 얼굴을 들이밀면서, 기어이 공격의 기회를 잡는다.

세상에 미친놈들 많다지만 이런 과격한 공격법을 택

할 줄이야 상상도 못했다.

서걱.

결국 베이고야 마는 목덜미.

상처라고 해 봐야 지혈은커녕 긁힌 수준이나 될까 싶다.

하지만 허용해 버린 이 한 번의 공격이, 싸움의 판도를 바꿔 버렸다.

본능적으로 주먹을 휘두른 철혈성주.

그 주먹까지 피할 재간이 없었던 진조월은 그대로 일격을 맞을 수밖에 없었다.

퍼어억!

"커헉!"

답답한 신음과 함께 멀찍이 날아 나무에 부딪쳐 버린 진조월이었다.

한 움큼의 피를 토하는데 안색이 백지장처럼 창백하다.

내상이 심각하다는 뜻이리라. 실상 죽지 않은 게 다행일 정도다.

그러나 철혈성주의 상태도 가히 좋지는 못했다.

부들부들 떠는 몸.

목에 생긴 아주 작은 상처에서 시작한 파괴적인 경력이 살을 찢고 들어가 온몸을 휘도는데 그 여파가 실로 어마어마하다.

칠야검 자체의 신기는 물론, 신검현기의 공능을 업은 마제신기의 힘이 그의 근본적인 힘이라 할 수 있는 술력을 파괴하고 있는 것이다.

아주 작은 힘이었지만 하나씩 부숴 나갈수록 해일처럼 커져가는 파괴 공력.

지금도 이럴진대 검으로 어딜 제대로 베였다면 그 순간 끝장이 났으리라.

문제는 그것만이 아니었다.

상처를 입은 곳이, 다른 어디도 아닌 목.

목뼈를 타고 척추까지 휘돌아 전신으로 퍼지는 공력의 속도가 무서우리만치 빠르다.

검의 깨달음으로 한순간 펼쳐 낸 검도.

그 기세를 타 마제신기 자체도 검처럼 예리해지며 깊이를 더했다. 송곳처럼 혈도를 헤집는 힘이 믿을 수 없을 정도로 격렬하다.

'신검현기?!'

철혈성주는 비로소 깨달았다.

검제에게 칠야검만 받은 것이 아니다. 검제의 신공, 세상 모든 술법의 힘을 파괴해 버리는 극악의 힘까지 이어받은 것이다.

설령 칠야검에 베었다 해도, 이렇게 짧은 시간에 술력이 파괴될 것 같지는 않다.

'장만위, 이놈이!'

허허롭게 웃으며 손녀의 안위를 걱정했던 노인네 따위 걱정할 것도 없다 생각했는데, 이런 말도 안 되는 짓을 저질렀을 줄이야.

비로소 철혈성주는 깨달았다.

하늘이 내린 이 시대의 진정한 숙적이 누구인지.

하늘의 시선을 피했다고 생각했는데 저 하늘은 반천(反天)을 넘보는 자신을 잡기 위해 무서운 패를 하나 준비했다는 것을 그는 깨달았다.

다른 누구도 아닌, 쓰다가 버린 패였다고 생각한 세 번째 제자에게로 그 힘이 넘어간 것이다.

"감히! 감히!"

믿을 수 없는 일.

철혈성주의 몸에서 휘황찬란한 빛이 터져 나온 것도 그때였다.

휘리릭!

저 하늘 높은 곳에서 내려오는 여섯 명의 사람들.

사람이라고 도통 보이지 않을 정도로 괴이한 기세를 풍기고 있었다.

귀신, 신선. 어느 단어로 불러도 어색할 것 같지 않은 사람들이 천천히 하강하고 있었다.

백성곡의 눈이 번쩍이는 뇌전을 품었다.

"술법사?"

음양왕이라는 희대의 술사와 함께 했던 세월이 얼마인가.

딱 보아도 이 사람이 무인인지 술사인지 파악할 수 있다.

하늘에서 천천히 하강하는 그들의 능력은 둘째였다.

비록 한 명, 한 명의 신비로움이 음양왕 양문에 비하자면 손색이 있다지만, 거의 근접했다 해도 과언이 아닌 신기(神氣)를 품고 있다.

천하에서도 손에 꼽힐 만한 술법사들이라는 뜻이었다.

진조월은 한 움큼의 피를 재차 토하면서 떨리는 눈으로 그들을 바라보았다.

그의 눈동자가 어느 순간 찢어질듯 커졌다.

철혈성주의 주변을 에워싸며 대지에 발을 디딘 여섯 술법사들.

그들 중 한 명의 얼굴이, 진조월의 눈에 가득 들어왔다.

철혈성주에게 믿기 어려운 일이 일어났다면, 지금 진조월에게도 믿기 어려운 일이 일어나고야 말았다.

붉고 하얀, 적백의 화려한 바탕에 고대 범어(梵語)가 가득 새겨진 옷을 입은 여인이 새하얀 얼굴로 진조월을 바라보았다.

아무런 감정도 깃들지 않은 눈.

정교하게 만들어진 인형처럼 사람 같지 않은 모습을 보이는 여인이었다.

상당히 성숙한 외모였지만 사람으로서 마땅히 가져야 할 생기가 없어 섬뜩함만이 그득하다.

"……소영?"

이곳에 있어서는 안 될 이름이었고, 존재였다.

벽소영의 무감각한 눈이 진조월을 뚫어지게 보고 있었다.

알아보지 못하는가.

알아보지 못하는 수준을 넘어서서 자신이 누구인지 조차 모를 것 같은 오묘한 눈빛이었다.

확실했다.

스스로가 어떤 존재인지, 과거조차 기억하지 못하고 있었다. 과거를 기억한다면, 절대로 이렇게 자신을 쳐다보지 못한다.

진조월은 확신했다.

하지만 무엇보다도 참기 힘든 것.

도대체 무슨 일을 겪은 것인지 과거의 인연은 누구보다도 냉혹한 기세를 풍기는 술법사가 되어 이 자리에 나타났다.

불공대천의 원수, 철혈성주를 보호하기 위해.

기세로 말해 주는 진실이었다.

단기중이 이를 갈았다.

"이놈들, 술사들입니다."

"그렇군. 양문에 근접한 고절한 술사들이야."

허탈하다.

그저 긁힌 상처로 철혈성주가 엎드려 벌벌 떨고 있는 광경도 신기했지만, 이것은 전투다.

바로 공격에 들어갔다면 제아무리 철혈성주라 해도

목숨을 잃었을 것이다.

그러나 백성곡과 단기중, 심지어 숨어서 살수를 전개하려던 임가연조차 공격을 감행하지 못했다.

그들의 몸을 속박한 투명한 밧줄.

실재하는 물건이 아니다.

기(氣)의 한 종류인 듯한데 움직임 자체에 제약이 걸려 버렸다. 절대고수인 그들의 움직임을 통제할 정도의 힘.

술법이다. 저 여섯의 술법사들이 셋의 몸을 고정시켜 버린 채로 철혈성주를 에워싼 것이다.

그리고 그들 중 한 명의 얼굴을 본 백성곡의 눈가가 희미하게 떨렸다.

"양문?"

죽은 양문과 놀라우리만치 닮았다.

거의 판박이라 해도 과언이 아니다. 무표정한 얼굴에 드러나는 기운 역시, 음양왕의 술력과 비슷했다.

아주 약간의 이질감, 그것이 아니었다면 진정 양문이 죽음에서 살아 돌아왔다고 느꼈을 정도로 양문과 닮았다.

양의는 자신을 보며 양문이라 칭하는 백성곡을 보며

천천히 입을 열었다.

"그대가 백성곡. 백성곡이로군."

"자넨 양문이 아니로군."

"양의라 한다."

"형제였던가."

"그렇다."

짧은 문답이었다. 양의는 슬쩍 자신의 뒤를 바라보았다.

철혈성주, 빛의 휩싸인 그의 모습이 보였다.

천하를 논하는 걸 넘어 정점에 선 절대자의 위용과는 도통 어울리지 않는 모습이었다.

양의의 눈이 좁혀졌다.

"신검현기의 흔적이 보인다. 성주님께서 일격을 허용하셨다는 것도 놀랍지만, 검제의 신검현기가 나타났다니."

양의의 눈동자가 진조월을 향했다.

"그대로군. 검제의 후예가. 칠야검, 제왕신병까지 손에 쥐었으니 검제의 현신이라 해도 과언은 아니겠지. 칠야검에 깃든 신검현기로 이 정도의 증상을 보이실 리가 만무할 터, 진신절학까지 익혔던가."

한눈에 상황을 꿰뚫어 보는 눈이었다.

모든 것을 지켜보고 결정적인 순간에 기다렸다는 듯 모습을 드러냈다고 생각했는데, 아무래도 이번 전투에서 철혈성주의 운이 다 하진 않았던 모양이다.

철혈성주의 몸에서 이는 찬연한 빛이 점점 수그러들었다.

어떤 일이 발생한 것인지 정확하게 알 순 없었지만, 적어도 이 자리에 있는 모두는 본능적으로 하나의 사실을 알 수 있었다.

철혈성주의 몸을 파괴하는 진조월의 기이한 힘이 활동을 멈추었다는 것을.

천천히 일어서는 철혈성주.

상당히 지친 듯 얼굴이 파랗게 질려 있었지만 여전히 눈빛은 살아 있었다.

그러나 이전의 위용, 그 모습이 완전에 가까웠던지라 지금 이 모습도 대단히 지쳐 보인다.

실제로 그는 크게 지쳤다.

술법과 무공의 경계가 사라지고 오로지 정점에 선 자라 하나, 근본이 술력인 이상 진조월의 마제신기에서 멀쩡할 수가 없다.

여섯 명의 술사들이 일시에 나타나 힘을 전이해 주지 않았다면 사경을 헤맸을 정도로 진조월의 술법 파괴 능력은 지독했다.

장만위가 직접 투여해 준 신검현기였으니 이만한 지독성을 보이는 것도 어찌 보면 당연할 것이다.

"……이거 대단하군."

지친 목소리.

나른하게까지 들릴 정도다.

"하늘이 내린 숙적, 천적. 믿지 않았다. 그러나 역시 저 하늘 높은 곳에 거하신 분께선 오롯이 독존(獨尊)할 수 있는 가능성을 막아 두었던 것인가. 이토록 어린 나이에 그만한 성장을 보인 것도 전무후무한 바이거늘, 술법 파괴의 힘까지 지녔다면 이것은 더할 나위 없는 천적이겠지."

무슨 말인지 진조월은 알 수 없었다. 알고 싶지도 않았다.

지금 그의 눈과 정신은 오로지 벽소영, 한 명에게만 쏠려 있었다.

입을 열어 그녀의 이름을 한 번 더 불러 보고 싶었지만 철혈성주의 무자비한 공격으로 인해 얻은 내상은 정신을 가물가물하게 만들 정도로 치명적이다.

당장 죽지 않은 게 다행일 정도.

정신을 차리고 그녀를 바라보고 있다는 것만으로도
박수를 받아 마땅할 일이다.

철혈성주 역시 그 사실을 깨달았는지 피식 웃었다.

지친 몸이지만 오히려 이전보다 생동감이 넘쳐 보였
다.

기이한 일이다.

"알아보나? 맞다, 벽소영이지. 천하에 퍼진 명문가
(名文家) 중 한 곳의 딸이며, 주작지보(朱雀至寶), 남
방(南方)의 수호기물인 주작화창(朱雀火槍)의 쓰임과
장소를 알던 절강 벽가의 후예다."

사신지보.

세상에 어떤 기인이 만들었는지, 아니면 하늘이 내
린 신물인지 알 수가 없었다.

그러나 그에 깃든 전설만큼은 사실인지, 사신의 지
보를 모두 얻는 자 천하를 손아귀에 쥘 수 있다고 전해
졌다.

허무맹랑한 전설로 치부해 버려도 모자람이 없다.

그러나 그것이 얼마나 신빙성이 높은 사실인지 철혈

성주도 진조월도 알고 있다.

심지어 철혈성주는 사신지보의 비밀을 파헤치고 그 진의까지 엿본 사람이 아니던가.

움직이기도 힘든 네 명의 왕을 둘러보며, 마침내 철혈성주는 자신의 진의를 조금씩 밝혔다.

그가 중년의 술사를 가리켰다.

청록의 옷에 벽소영과 마찬가지로 고대 범어가 새겨진 옷을 입고 있었다.

그녀처럼, 그 역시 표정 없는 인형과 같았다.

"여기 이 술사의 이름은 연정진(緣正進)이라 하지. 산동 연가의 사람으로 사신지보 중 동방(東方)의 청룡지보(靑龍至寶), 청룡군모(靑龍君帽)의 비밀을 품에 안은 자다."

이번에 가리킨 자는 젊은 청년이었다. 진조월보다도 훨씬 어려 보이는 청년. 이제 막 약관(弱冠)의 나이나 되었을 법한 청년이다.

백색의 옷.

굴강한 외모지만 역시나 무표정하다.

"이쪽은 섬서에 자리를 잡은 방가(方家)의 소가주, 방소환이라 한다. 출중한 기상으로 이름이 높은 방가.

서방(西方)의 백호지보(白虎至寶), 백호제의(白虎帝衣)를 수호하는 자였지."

다음으로 가리킨 손가락.

바로 진조월이었다.

"그리고 네놈. 네놈이 바로 하북 정가의 후예로서 북방(北方)을 담당하는 현무지보(玄武至寶), 현무지서(玄武智書)를 아는 자였지."

사신지보.

천하를 손아귀에 쥘 수 있도록, 만물에 생동하는 천운(天運)의 기를 강제로 모이도록 제조가 된 신비로운 물건들.

존재 자체만으로도 이미 역천(逆天)과 다를 바가 없지만 또한 세상에 버젓이 존재하는 물건들이었다.

청룡의 군모를 쓰고 백호의 제왕의(帝王衣)를 걸친다. 한 손에는 무력을 상징하는 주작의 붉은 창과, 다른 한 손에는 제왕의 지혜를 상징하는 커다란 서책이 들린다.

사신지보를 모두 얻는 자, 천하 정점에 서리라.

대지에 흐르는 기와 떠 있는 하늘의 기마저 자신의 의지대로 조종하여 세상 만물의 맥동하는 운을 자신의 육신에 직접 박아 넣으니, 대지 위를 걸어가는 모든 존재가 경배하는 인신(人神)으로 화하매, 마침내 만인의 위에 설 수 있는 것이다.

"네놈을 술법사로 키워 내지 않고 제자로 받은 이유가 달리 있는 것이 아니다. 청룡군모, 백호제의, 주작화창은 명백히 세상에 실재하는 물건으로써 마땅히 손안에 넣을 수 있었지. 그 신기(神器)들을 다루는 이들의 힘은 보통이 아닌지라 무공이든 술법이든, 모든 영역에 있어서 극의에 다다를 수 있는 천재(天才)의 가능성을 지닌다. 이들 세 명은 나의 힘을 떠받치는, 그리고 나의 계획에 함께 할 이들로서 자아를 버리고 반천의 술법사가 되었다. 그리 만들었다."

철혈성주의 지친 눈동자에 일순 냉정함이 어렸다.

"그러나 너. 너는 달랐다. 다른 이들과 똑같이 대해 줄 수가 없었다. 고대에 만들어진 신물들은 마땅히 실재하지만, 현무지서는 결코 실재하지 않아. 다만 그 지혜와 놀라운 비사가 후대에게 계승되어 머리에 남는다. 하여 난 널 스스로도 잊은 채 능동적으로 행동하지 못하는 꼭두각시 술사로 만들 수 없었다. 나의 곁에 남아, 훗날 오롯이 서게 될 나에게 현무의 힘을 전해 주게 될 존재로 커야 했기 때문이다. 그러나 사방신 중 북방신(北方神)의 가호를 받은 너에게 제대로 무학을 전해 준다면 언젠가, 혹시라도 계획이 틀어지게 될 경우 위험 분자가 될 수 있으리란 판단에 제자로 삼았으되 무공 전수를 하지는 않았다."

진조월이 이전 창제 구휘와 싸웠을 때 느꼈던 것.

마지막이 가까워졌다는 것.

그는 그걸 깨달았다.

철혈성주라고 다를까.

마지막, 막바지에 다른 상황이다.

모든 일이, 모든 계획이 정점을 향해 나아간다.

그래서일까. 굳이 말해 주지 않아도 될 사실을 그는 차근차근 설명해 주고 있었다.

"하지만 훗날 깨달았다. 너는 현무지서에 대해 제대로 모르고 있어. 너의 머릿속에는 들어 있는 지식이며 그것이 어떤 의미인지 알고는 있지만, 내용만큼은 도통 기억하질 못하고 있더군. 술법의 공능으로 꺼내려고도 했으나, 그만한 신기의 경서를 일부로 파훼하다가는 어떤 일이 발생할지 알 수가 없어 그럴 수조차 없었다. 그리고 시간이 흘러, 나는 굳이 사신지보가 아니

더라도 오롯이 설 수 있는 방법을 깨달았다. 동서남북,
사방신(四方神)을 뜻하는 사신의 신수(神獸)의 중앙을
잡는 자. 바로 등사와 구진(句陳)의 맥을 잇는 토(土)
의 영령이 이곳 중원에 있다는 걸 알았지. 그것도 검신
(劍神)의 혈육으로."

검신의 혈육.

진조월의 눈가가 파랑을 일으켰다.

"반희염. 검제 장만위의 외손녀다. 어렸을 때부터
신열(神熱)을 앓아 누구도 고치지 못해 아팠다는 외손
녀. 심지어 거기에 구음절맥(九陰絶脈)까지 겹쳐 본래
라면 칠 년 주기의 두 번을 넘기지 못하고 죽을 것을
내가 제자로 삼아 키웠다. 검제의 통제를 위해서이기
도 하나, 진짜 이유는 바로 반희염, 그 아이의 체내에
깃든 신묘한 힘이 나를 천하로 이끌어 줄 수 있으리라
판단했기 때문이다."

도대체 그의 손에 농락이 당한 이는 몇 명이고, 그의
손에 농락이 당한 가족은 몇 가정이나 되며, 그의 손에
죽은 이는 얼마나 되는 것인가.

천하를 농락한 자.

이미 인간이 아니다.

인간이라면 이럴 수 없는 것, 인간의 탈을 쓴 악마라 해도 무리가 없을 행태를 보이고 있었다.

백성곡의 몸이 부들부들 떨렸다.

도대체 어떤 술법에 당했는지 그마저도 제대로 움직이지 못하고 있었지만 온몸 가득 풍기는 위압감은 여전히 대단했다.

"네놈은 그렇게 천하를 가지고 싶었나! 황제의 자리가 그리도 탐이 났더냐!"

철혈성주가 피식 웃었다.

"황제…… 황제라. 황제 따위가 될 것이었다면 이따위 귀찮은 짓은 벌이지도 않았다. 까마득한 과거에도 내 마음만 먹었다면 진즉 황제의 위(位)에 올라 천자(天子)를 자칭할 수 있었을 터."

오만함이 극에 이른 발언이었다.

단기중은 기가 차서 말조차 나오지 않았고, 백성곡의 눈빛에는 번갯불이 튀었다.

그러나 분노를 표하진 않는다.

뭔가, 철혈성주에게는 다른 목적이 있었던 것이다.

"궁극적으로 내가 다다르고자 한 자리, 그것은 한낱 황제의 자리와는 격이 다르지. 사람들 속에서 정점에서 봤자, 그것은 애들끼리 하는 소꿉놀이에 불과한 것 아니겠나. 인간으로 태어나 자연 그 자체의 법칙으로 화하는 것, 그것이 바로 내 최종 목적이며 꿈이다."

철혈성주의 눈빛이 한층 강렬해졌다.

하늘이 내린 숙명에서조차 벗어난 자. 이미 예전에 목숨을 잃었어야 할 그에게서 스스로 운명을 만들어 가는 신인의 면모가 보이고 있었다.

비록 방법이 악랄하고 무수한 사람들에게 피해를 주었다 하나, 스스로 인생의 길을 개척하여 목숨을 걸었다는 것.

그것만큼은 부정할 여지가 없다.

그래서일까.

그의 눈은 죄과에 흔들리는 여린 인간의 눈과는 판이하게 달랐다.

스스로 확신을 가진 자의 눈빛이었다.

그래서 더 무섭고 그래서 더 광기에 찼으며 그래서 더 강렬하기 짝이 없었다.

진조월의 몸이 한순간 들썩였다.

철혈성주의 무시무시한 공력에 내상이 극심했지만 마제신기의 신기에 이른 공력으로 차츰 회복하는 도중이다.

불가해에 가까운 속도, 엄청난 치상결이었지만 그는 그 모든 힘을 육신을 세우기 위해 사용했다.

칠야검을 손에 쥐고 천천히 몸을 일으킨 진조월.

철혈성주의 눈에 놀라움이 깃든다.

"그 몸으로 일어나다니. 진정 놀라운 놈이군. 하기야 신검현기가 깃든 공력이니 나의 공력을 어느 정도 파훼한 것이겠지. 거기에 오왕의 광야종까지 이었다면 치상결의 완성도 역시 대단하겠어."

칠야검의 시커먼 검신이 천천히 움직이며 철혈성주에게로 향했다.

여섯 명의 술법사들이 움찔 했다.

단순히 자신들의 주군에게 검을 겨누는 진조월에게 경각심을 느끼는 수준이 아니었다.

누가 뭐라 해도 칠야검은 술사들에게 있어서 최악의 상성을 자랑하는 무구인 것이다.

수십 년, 일 갑자조차도 넘어서는 세월 동안 검제의 신검현기로 제련이 되었다면 술법사들에게는 감당할 수 없는 괴물과 마주하는 것과 다를 바 없다.

술사로서의 본능이 그들의 위기감을 깨웠다.

"넌 역시 죽어 마땅할 놈이다."

분노가 극에 이르러서일까.

오히려 평온해진 말투였다.

안색은 여전히 창백하고 입가에는 피가 얼룩져 비참해 보였지만 두 눈만큼은 흔들림 없는 불꽃이 피어오르고 있었다.

칠야검으로 흘러드는 마제신기.

그는 알고 있었다.

'이게 마지막이다.'

이번 일검(一劍)이 마지막이다. 그 이후에는 쓰러진다.

이미 육신의 한계를 넘은 지 오래, 이렇게 정신을 차린 것 자체만으로도 하늘의 도우심이다.

마지막 일검이라는 생각 때문일까. 칠야검으로 몰려드는 마제신기의 양은 이전보다 미약했지만, 살벌함만큼은 놀라우리만치 증가했다.

검에 내력을 싣는 것 자체만으로도 주변의 압력이 올라간 느낌이었다.

철혈성주의 입가에 미소가 드리워졌다.

"그 몸으로 일어선 것까지는 칭찬해 주겠다. 그러나

넌 이미 한계를 넘었어. 아무리 날카로운 칼이라 한들 맞지 않으면 의미가 없는 법이다. 가능하리라 보느냐?"

일리가 있는 말이다.

이미 이곳에서 더 이상 볼일이 없는 까닭에, 철혈성주는 여섯 술사들의 힘을 받아 물러나기로 마음을 먹었다.

왕들 중 한 명도 죽이지 못한 것이 아쉬웠지만 진조월에게 이런 고약한 힘이 있다는 걸 알았다는 것만으로도 큰 소득이 아니겠는가.

그는 그것으로 만족하기로 했다.

그러나 진조월은 그것으로 만족할 수가 없었다.

철혈성주가 성으로 돌아가면, 더 어려워진다.

철혈성주를 죽여야 할 때는 지금뿐.

마지막 일검은 결국 최후의 일검이 될 것이다.

그리고 그것은, 다른 누구도 아닌 백성곡 덕분에 확신하게 될 수 있었던 '작전'이었다.

부아아앙!

소름끼치는 소리.

공기를 완전히 찢어발기는 소리.

아름드리나무조차 뿌리째 뽑아 올리는 용권풍이 이러할까.

극도로 축소가 된 살벌한 권풍(拳風)이 허공을 맹렬하게 찢어 가며 철혈성주와 술사들을 향해 휘몰아쳤다.

철혈성주는 술법과 무공, 양쪽 모두를 섭렵한 희대의 천재로, 이내 그 경계마저 흐리게 한 천고의 무인이다.

그리고 백성곡은 그런 철혈성주와 오로지 무공으로 맞서서 동수에 가깝도록 싸웠던 일세의 고수.

그런 백성곡이 휘두른 주먹.

이전의 술법? 전부 연기다.

단기중 정도라면 어떻게 잡아 둘 수 있겠지만 진신진력을 개방한 백성곡에게 그런 술법은 통하지 않았다.

전음도청, 상대방에게 전음을 날리는 걸 들을 정도로 지고한 경지에 오른 철혈성주였지만, 백성곡이 진조월에게 날린 전음은 듣지 못했다.

비슷한 수준의 고수, 거기에 술법파괴의 힘에 맞아 능력치가 대폭 줄어들었으니 어쩔 수 없는 일이다.

철혈성주가 또 하나 간과한 것이 있었으니.

술법 또한 기의 조화.

무공이 극에 이른 백성곡은 기의 수발 역시 천하에서 짝을 찾기 힘든 수준에 이르렀다.

최악의 다섯 술법 중 하나라면 모를까 이 정도의 포박술법이라면 백성곡을 어찌할 수가 없다.

그리고 내질러진 주먹.

투신종 최강의 절학.

패왕 단기중의 파천종, 회륜마식이 극성에 다다르면 이런 주먹이 가능할 것인지.

즐겨 사용하는 뇌운벽력수가 아닌, 일발(一發)에 모든 것을 거는 필살의 수법 일격추포(一擊錐砲)의 권풍이 번개보다도 빠르게 철혈성주 일행을 향해 휘몰아쳤다.

송곳처럼 응축시켜 놓은 권풍이 포탄처럼 날아간다 하여 일격추포라는 이름이 붙었지만 이미 그것은 송곳이 아니다.

사막 용권풍의 엄청난 태풍을 송곳처럼 가느다랗게 만든다면 세상 어느 것이라도 뚫어 버릴 패력을 선사하겠지만, 지금 백성곡이 원한 바는 이들의 움직임을 제약하는 것이지, 몰살시키는 게 아니었다.

철혈성주 혼자라면 모르되, 다른 술사들까지 죽일

필요는 없는 것이다.

특히나 자아조차 잃은 채 꼭두각시 인형이 되어 버린 술사들을 생각하자면 차라리 죽이는 게 낫지 않을까 생각이 드나, 그중 한 명을 진조월이 알고 있었으니 그의 마음에 파랑을 일으킬까 두려워 그럴 수 없었다.

하지만 그것도 백성곡이 진조월을 얕본 것이다.

철혈성주가 백성곡을 얕보았듯 백성곡 역시 진조월의 독심을 모르고 있었다.

그의 칠야검에 모인 마제신기가 극성으로 달아올랐다. 만지면 뿌연 김이 흐를 정도로.

대단한 충격을 받았다.

말로 표현 못할 충격을 받은 진조월이다.

그러나 그는 깨닫고 있었다. 철혈성주는 진짜 위험에 빠지면, 벽소영을 앞에 세워 자신의 공격을 어떻게 해서든 막을 것임을 알고 있었다.

이런 충격을 받아 정신이 멍한 와중에도 그는 철혈성주의 용의주도함과 냉혹함을 제대로 꿰차고 있었다.

한순간에 이어진 생각의 꼬리.

포기해야 하는가, 아니면 그래도 공격을 감행해야 하는가.

답은 나왔다.

공격. 일검이다.

상대가 누구든, 어떤 방패를 쓰든 일검을 내친다. 그는 피눈물을 흘리면서 마제신기를 모았던 것이다.

설령 그것이…… 과거의 인연이라 해도.

공간을 파괴하며 나아가는 죽음의 검도.

백성곡의 일격추포의 광풍을 퍼트려 사방 동시다발적으로 힘의 균형을 맞추어 일곱의 대적(大敵)들에게 압력을 가하는 순간 그의 칠야검에서 엄청난 검력이 피어올랐다.

파아아앙!

대기를 찢고 부수고 휘몰아치는 힘.

그의 의지를 알았을까.

여섯 술법사들의 손이 빨라지고 입에서는 기이한 주문이 속출한다.

철혈성주의 얼굴도 굳어짐은 당연지사, 누구보다도 정에 약한 진조월의 성정을 꿰뚫고 있었기에 이리 독하게 나올 줄 예상하기 힘들었던 것이다.

쩌저저저정! 콰릉!

만근 바위가 수십 개 떨어지고, 그 사이사이를 누비

는 대망(大蟒)의 독아(毒牙)는 완벽한 공격일 따름이다.

헤아릴 수 없는 번개가 하늘에서 내리치며 공간이 찢어지고 화염이 타오른다.

백성곡과 진조월, 이 희대의 고수들의 합공에 여섯 술법사들 역시 각자의 장기를 펼쳐 무자비한 술법을 차례로 펼쳐 냈던 것이다.

하늘이 흔들리고 대지가 신음한다.

마제의 힘은 술법사들의 술력을 압도적으로 파괴하며 파도처럼 휩쓸었고, 투왕의 진력은 그들의 움직임을 원천봉쇄한다.

완전(完全)이라는 단어가 너무나도 잘 어울리는 합공. 각자 다른 무공을 익혀 왔지만 마치 하나의 무공이 펼쳐진 것처럼 피할 수도, 막을 수도 없어진 공격의 완성형이었다.

파사삭.

한순간의 공방이었지만 그 힘의 농도와 강렬함은 전무후무라는 네 글자를 떠올리게 만들었다.

그 안에 존재하는 지형지물은 진흙처럼 부수어졌다. 하물며 인간이라고 멀쩡할 것인가.

단기중은 보았다.

느릿한 시야 속, 술사 두 명의 몸이 모래처럼 부서져 나갔다.

잘리고 터지다가 이내 분쇄까지 되는 것, 인간의 몸이 이처럼 망가지는 모습도 믿을 수 없는 기사(奇事)다.

그리고 모든 힘의 극점에 도달했을 때.

거대한 빛무리와 함께 철혈성주는 사라져 버렸다.

3.
천하정점(天下頂點) (3)

장만위의 신형은 그야말로 번개가 무색하리만치 빨랐다.

 남아도는 기운이라 한들 신검현기라는 일세의 힘을 진조월에게 쏟아부었음에도 이만한 속도의 경공을 펼칠 수 있는 자.

 말 그대로 천하제일검, 무력의 정점에 선 자만이 보일 수 있는 초절한 경지의 증거였다.

 다른 어떤 무인들이 보아도 찬탄을 터트릴 만한 경신 공부를 보임에도 그의 표정은 도통 밝아질 기미가 보이지 않았다.

'천기…… 흐려졌다. 다시없을 대사가 터질 징조다.'

단순한 불안감이라면 그저 손을 젓고 말았을 터.

이미 불안감을 넘어서 확신에 가깝도록 움직이는 천기는 장만위로 하여금 마냥 가만히 있도록 만들지 못하게 하였다.

그의 심각함을 알았을까.

뒤따르는 두 용봉의 신법 역시 범인의 상상을 까마득히 초월하고 있었다.

신의건과 문아령, 검제의 가르침을 받았던 이들로서, 아주 짧은 시간이었지만 놀랍도록 성장한 면모를 그대로 보여 주고 있었다.

장만위는 힐끗 뒤를 돌아보았다.

다소 지쳐 보이지만 용케도 자신을 놓치지 않고 따른다.

'데려가는 것이 옳은가……'

처음에는 두고 가려 했었다.

신의건과 문아령, 비록 같은 연배에서 짝을 찾을 수 없는 공부를 일신에 새기고 있었지만, 지금 장만위가 가는 곳은 가히 천하가 격동하는 역변의 장이었다.

두 사람 정도의 힘으로는 감당하기 벅찬 고수들과 신인들이 속출할 전장이라는 것이다.

그럼에도 장만위는 둘을 데리고 갔다.

그것은 이성적으로 생각할 수 없는 어떠한 감정의 실체를 보고 난 이후였다.

하늘을 보고 둘을 보았으며 미약하게나마 깨달았던 것.

지금 자신이 가려는 그곳에서 둘의 운명이 다다랐다는 것.

누가 들어도 코웃음을 칠 만한 소리였지만 장만위는 확신했다.

둘이 태어나 비문성수에게 가르침을 받고 다시 강호에 나온 것. 그리고 자신에게 이어져 또 다른 가르침을 받은 것 모두가, 이번 격전의 장에서 할 일이 있기 때문이라는 것을.

이른바 숙명, 천명이라는 것이다.

이미 인간이 아닌 존재로 변모해 가는 장만위였기에 그는 알 수 있었다.

자신의 천명을 정확하게 파악할 순 없었지만 다른 이들을 보는 것만으로도 그 사람의 운명과 앞날이 보인다.

예지력이라고 해야 하는가.

술법의 신비한 힘으로도 설명할 수 없는, 하늘에 이른 신인으로서 가능해진 통찰력이었다.

철혈성주가 술법과 무공을 합일화 하여 무력을 극대화한 신인이라면 검제는 검으로 일어나 천지자연의 기를 받아들여 천하 그 자체로서 회귀하는, 시대에 녹아든 신인이었다.

그렇게 얼마나 달렸을까.

산을 넘고 강을 건넜다. 사람들이 다니는 관도는 물론 거의 일직선상으로 무시무시하게 달려 나가는 그들의 속도는 인간의 상상을 아득히 뛰어넘었다.

장만위의 눈이 강렬한 광채를 발한 것은, 그렇게 무서운 속도로 달린 지 이틀이 지난 후였다.

강대한 힘의 흐름이 모두 사라져 버렸지만, 약간의 잔재가 서린 땅으로 선 장만위.

그는 마에 물들었던 산을 지나쳐 마침내 신인들이 싸웠던 격전의 장소로 도달했다.

자연이 이렇게까지 파괴될 수 있을까 의심이 들 정도로 엄청난 힘이 휩쓸고 지나갔다.

수십 그루의 나무들이 부러져 나갔고 대지는 아직까지 신음을 흘리고 있다.

구덩이가 이곳저곳 파였고 휩쓸린 경력의 여파가 사위를 잠재웠다.

지칠 대로 지친 신의건과 문아령도 놀라움을 금치 못했다.

"이것은……?"

이미 절정의 역량을 갖춘 두 사람으로서도 일찍이 본 적이 없었던 거창한 흔적들이었다.

마치 군의 화포가 수십 발 떨어지고 난 이후의 모습과 같다.

그러나 두 사람은 깨달았다. 이것은 화포 같은 것으로 만들어질 수 없는 흔적이었다.

고수.

고수들 간의 격전.

그것도 상상을 초월한 무신들의 격전 이후에 생겨난 상처들이었다.

"엄청나군요. 인간의 힘으로 어찌 이런……."

차분한 성격의 문아령도 말을 잇지 못했다.

천하제일을 논하기에는 약간의 부족함이 있지만 천

하에서도 드문 실력을 가진 스승, 비문성수라 할지라
도 이런 흔적을 만들어 낼 수 있을까.

장만위의 눈빛이 침중하게 물들었다.

"철혈성주가 이곳에 있었다."

"예?"

"철혈성주가 분명 이곳에 있었어. 남아 있는 힘의
잔재, 빙백류가 나왔고, 참사도법의 무참한 살상력이
보인다. 이런 예리한 흔적은 어떠한 검법, 도법에서도
찾아보기 힘들지. 참사도법이라니. 본신의 밑바닥까지
꺼내 들었어야 할 정도의 거친 싸움이었던가. 그렇다
면 분명 칠왕, 그것도 백성곡 정도가 아니라면 이만한
힘을 보이기 힘들었겠지."

잠잠했던 장만위의 기도는 다소 거칠게 일렁였다.

어느 하나의 흔적에 시선을 돌렸던 탓이다.

신의건과 문아령 역시 바닥에 나있는, 도무지 어떤
힘으로 내쳐야 이런 자비 없는 흔적이 나 있는지 의문
이 갈 만한 광경을 보았다.

장만위가 확신 어린 어조로 말했다.

"검이다."

"검이요?"

"분명히 검공(劍功)이다. 그것도 천하에 짝을 찾기 어려운 높은 깨달음이 서린 검공이지."

"어찌 검으로 이런 흔적을 만들 수 있단 말입니까?"

"세상에는 수많은 무공이 있다. 내가 천하 검법에 다소 능통한 것은 사실이지만 이런 흔적을 보일 정도로 패도적인 무공은 일찍이 본 바가 없어. 하지만 분명 검이야. 냄새가 난다. 거의 나에 필적할 만한 깨달음을 가진 어떤 존재가 내친 검도가, 이러한 흔적을 보인 것이다."

놀라움의 절정이었다.

당금 천하에, 검으로 최강을 논하는 검제에 비견될 수 있는 자가 어디에 있을 것인가.

천하검문의 수좌를 노린다는 무당파나 화산파라면 존재할 수 있을까.

하지만 무당파의 원로고수나 화산파의 검수들이라 할지라도 이만한 검도를 깨우칠 수 있을까 의문이 간다.

더군다나 그들의 무공은 도교적인 색채가 무척 짙어서, 이런 패도무학과는 다소 거리가 있을 것이다.

그렇다면?

"월이다."

"······진 형 말씀이십니까?"

"그렇다. 조금 전 마기에 물들었던 산에서 느꼈던 신기(神氣)와 예기의 흔적이 여기에도 남아 있다. 그 잠깐 사이 놀라운 성장을 하였군. 과연 아직까지 깨달음의 문이 열려 있었다는 것인가. 나라 해도 이런 흔적을 내보일 수 있을지 의문이구나. 혈예수라검, 그 절대 마검식이 아닌 스스로 깨달아 창안한 검법임이 틀림없어."

온몸에 칼날이 달린 거대한 이무기 몇 마리가 거칠게 기어간 듯한 흔적이었다.

그러나 흔적의 안을 살펴보면, 검이 아니라면 보여 주기 힘든 극한의 예기가 담겨 있었다.

내공 소모가 대단할 것이 분명하지만, 그만큼의 강렬함이 살아 있다.

친우의 성장에 감탄과 기쁨부터 터트릴 신의건이었지만, 그런 신의건으로서도 이만한 흔적을 보니 그저 경악에만 물들었다.

아무리 그래도 이 정도 성장이라니.

인간의 아니게 되어 버리는 것은 아닌지 걱정부터

될 정도였다. 사람이라면 어찌 이런 흔적을 낼 수 있을까.

"도대체 어떤 일이 있었기에……."

"반천의 숙명자라……."

"예?"

"아니다. 그런 것이 있다."

장만위는 알 수 있었다.

며칠 사이, 수신의 이름을 단 최악의 마물이 세상에 나왔고 동시에 봉인되었다.

각자의 숙명을 넘어선 존재들이 무차별로 죽어 나간 며칠이었다.

그 모든 접점이 이곳에서 일어났다.

궁극에 이른 무도가, 정점을 찍은 두 사람이 싸웠다.

백성곡의 투신종, 강력한 무공의 흔적도 엿보였지만 결국 마지막에 이르러서는 철혈성주와 진조월 두 사람의 결투가 진행되었던 것이다.

장만위의 눈에 기광이 떠올랐다.

'놀랍다. 동수(同手)라니.'

약간의 미흡함이 보이기는 했지만 그 절대적인 무력을 자랑하는 철혈성주와 무공으로 격전을 벌였다. 철혈성주가 조금 앞서 나가는 듯했으나 그것은 그야말로 종이 한 장 차이.

천기가 열렸다.

저 하늘이, 자연을 뒤덮을 철혈성주에 맞서서 무한한 깨달음을 한 인간에게 주었다 해도 과언이 아니다.

반천의 존재에게 맞설 단 한 명의 숙명자, 진조월.

이미 예전에 닫혔어야 할 깨달음의 문을 기어이 열어 준 것이야말로 세상사 오묘한 이치의 극이었다.

'독주를 허락하지 않는 것인가. 그도 아니라면 세상의 안위를 위해 정의의 철퇴라도 안겨 주려 한 것일까.'

모든 것을 알 수는 없지만 하늘의 의도를 조금은, 알 수 있을 것도 같았다.

그의 시선이 다른 한 곳에 도달했다.

'많이 다쳤군. 치명상이라 해도 과언이 아닐 정도다. 싸움 직후 또 다른 존재들이 여기에 나타났다. 이 흔적, 술법이다. 술법사들이 나타났어. 적어도 다섯 이상...... 여섯 명이다. 그렇다면 철혈성주의 신변을 호위한다는 최고의 술사들, 칠위(七位)일 가능성이 높다.'

흔적을 보는 것만으로도 이곳에 어떤 일이 일어났는지 직접 본 것처럼 알 수 있는 능력이었다.

반천이니 숙명이니 생각하고 있지만, 어쩌면 장만위야말로 이 세상에 있어서는 안 될 진짜 천인일지도 모르는 일이다.

"월이가 다쳤다. 흔적이 보이는군. 그쪽으로 따라가야겠다."

그렇게 검제와 신의건, 문아령은 서쪽으로 길을 잡아 신법을 전개했다.

네 명의 왕들이 길을 나섰던 그곳을 향해서였다.

＊　　　　　＊　　　　　＊

익숙한 곳이었다.

비록 한 번의 여행이었지만 진조월은 소름끼치도록 무섭고도 묘하게 안온한 이곳을 잊을 수 없었다.

고향이라고 해야 할까. 언제나 이곳에 있었던 느낌.

애써 외면해 왔으면서도 가슴 한편에는 도달하리라 느꼈던 그곳에 그는 서 있었다.

사방이 어둠.

그리고 그 어둠 한가운데에 솟아난 흉측한 괴물이 있었다.

또 다른 자신. 분노와 광기, 서글픔과 흉함을 온몸에 새긴 또 하나의 진조월이 있었다.

괴물이 진조월을 바라보았다.

세상, 인간의 상상력을 까마득히 넘어서는 모든 악(惡)의 집합이 가지는 분위기.

그야말로 압도적이었다. 이전에는 미처 다 알 수 없었던 감정의 소용돌이가 무섭도록 요동치고 있었다.

"이렇게 보게 되는군. 생각보다 빨라."

누구보다도 닮은 자신의 목소리였다.

그러나 괴물의 목소리는, 이전에 들었던 것과는 또 다르게 묘한 감성을 품고 있었다.

진조월은 가만히 땅이라고 짐작되는 곳에 앉아서 툴툴거렸다.

그답지 않은 어조였다.

"보고 싶지 않은 네놈을 또 보는군."

"보고 싶지 않다 하여 평생 고개를 돌릴 수 있으리라 생각했나. 그러지 않아. 넌 확신하고 있었다. 나와 만나게 되리라는 것을."

"그렇지. 알고 있었다. 나는 너이고 너는 나니까."

괴물이 웃었다.

"괜찮군. 많이 성장했어. 그 태도에서 알 수 있겠다. 높게 성장했구나. 명확한 나이면서도, 내가 나라고 생각할 수 없을 만큼 높은 곳에 도달했어. 기쁘군."

내가 또 다른 나에게 받는 칭찬은 어딘지 가려운 구석이 있었다.

진조월은 피식 웃었다.

"그래, 여기에는 또 왜 나타났나?"

"우문(愚問)이다. 내가 나타난 것이 아니라 네가 도달했을 뿐이야. 네가 원하지 않았다면 내가 나타날 일도 없었다. 생각해 보아라. 여기는 오로지 너만이 도달할 수 있는 영역이자 장소다. 아무리 나라 해도 네가 원하지 않는다면 억지로 끌어들일 수 없어."

진조월은 깨달았다.

그렇다. 자신이 원했다.

그렇지 않았다면 정신이 혼미한 가운데에 이런 곳에 처박힐 이유가 없는 것이다.

"그랬지…… 그랬어."

가만히 하늘을 쳐다본다.

어둠뿐이지만, 하늘이라고 생각하자 또 청명한 하늘이 보였다.

마치 자그마한 세상에 신이 된 것 같은 기분이다. 원하는 모든 것을 이곳에 드러내도록 만들 수 있을 것 같았다.

'그렇다면 나는 왜 이곳에 도달하려 했을까.'

의문이 듦과 동시에 깨닫는다.

나이기 때문이다.

누구보다도 스스로를 잘 알았기에, 애써 외면해 왔다는 것도 깨달았고, 애써 이곳에 들어서리라고 노력한 스스로를 깨달았다.

진조월은 괴물과 마주했다.

이전과 다르기 때문일까. 괴물의 모습이 그리 흉측하다는 생각이 들지 않았다.

훨씬 편안하고 안락하다. 평생 이곳에 살고 싶을 만큼.

"나는 알고 싶어 했다. 내 분노와 광기와 슬픔의 깊이를. 그 모든 것을 하나로 만들어 낸 너를 진정으로 받아들이고 싶었던 것이다."

"그렇지. 그게 아니라면 네가 이곳에 올 리가 없지."

묘한 말투였다.

모든 걸 알고 있었다는 분위기임과 동시에 체념이라는 느낌도 강하게 드는 말투.

이전에는 그토록 자신과 합일을 원했던 괴물이 이제 와서는 씁쓸함을 느끼는 듯했다.

왜 그런 것인가.

"내가 말한 성장은 네 같잖은 무공에 대한 것이 아니다. 무공이야 언제 어디서든 뻗어 나갈 수 있는 것. 생각의 한계를 열어 버린 너에게 있어 무공의 연련은 딱히 필요한 것도 아니지. 이미 생각한 순간 그곳에 도달하는 무력이다. 하나 무공만 강해서야 어디에 쓸 것인가. 내가 말한 성장은, 네 마음의 성장이었다."

알고 있었다.

모를 수가 없다. 괴물은 또 다른 나이기 때문이다. 스스로도 확실하게 알 수 있을 만큼, 진조월은 자신의 마음이 성장했다는 걸, 정확하게 인지했다.

하지만 부족하다.

하나가 빠져 있다. 그 또한 진조월은 알고 있었다.

아직 받아들이지 않았기 때문이다. 이 온갖 음적인 감정의 소용돌이를 바깥으로 빼놓은 채, 필요할 때만 가져다 쓸 수 있는 것이 아님에도 그리 사용해 버린 자신이기에 그는 이제 진정한 자신이 되기 위해 이곳에 도달한 것이다.

"궁금한 것이 있다."

"말해라."

"나는 왜 너라는 존재를 이렇게 떼어 놓을 수 있게 되었지? 아니, 가능성의 여부를 묻는 것이 아니야. 왜 나는 너를 떼어 놓았는지, 그 근본적인 이유를 알고 싶은 것이다."

"무슨 말인지 알겠다."

당연하겠지. 너는 나니까.

진조월은 속으로 조용히 중얼거렸다.

"이 또한 네가 알고 있는 질문이다. 그렇다. 네가 말했듯, 나는 너이고 너 또한 나이기 때문이다. 그러나 너와 내가 다른 점이 결정적으로 하나가 있지. 그게 뭔 줄 아나?"

"나는 하나이지만 너는 반쪽이라는 것."

"정확하다. 너는 너이지만 나는 너의 일부야. 동시에 하나이지만 또한 떼어 놓았기에 달리 대화가 가능한 조각에 다름이 아니지."

괴물이 하늘을 보았다.

자신이 조금 전 하늘을 보았던 모습이 저와 같을까.

흉측하면서도 자신이 명확하게 느껴지는 놀라운 체험이었다.

세상 모든 사람들이 이처럼, 자신의 또 다른 자아와 만나 대화를 할 수 있을까 문득 궁금해졌다.

괴물이 말했다.

"너는 알고 있다. 그래, 다 알고 있지. 그러나 제대로 이해하지 못했기에 나에게 이런 무의미한 질문을 하고 있는 것이다. 그러나 동시에 의미가 있는 질문이기도 하다. 내가 너에게, 너라는 진정한 하나에게 복속되기 위해서는 '이해'할 필요가 있는 것이다."

"그래."

"이전에 처음 날 '자각' 했을 때 넌 느꼈을 것이다. 너무나도 강대하고 큰, 말로 형용할 수 없는 궁극에 이른 음적인 감정을. 그 악을 넌 보았을 것이다. 너 자신의 일부임에도 불구하고 넌 경악과 함께 두려움을 느꼈지."

"맞아."

"그 진정한 두려움의 정체를 알고 있나? 왜 나를 그리도 두려워했는가. 그것은 그만큼, 네가 너 자신의 광기를 두려워하고 있다는 뜻과 동일하다. 지금 보이는 내 모습은 네가 꾹꾹 눌러 두었던 모든 분노와 슬픔의 합이 그만큼 컸다는 것을 의미하며, 네가 이렇게 떼어 놓은 나를, 네가 스스로 혐오하고 있었다는 증거이기도 하다."

그렇다.

스스로의 분노와 한이 너무나도 커져 버린 진조월은 그 감정을 똑바로 마주 볼 용기가 없었다.

이런 추함을 마주 보고 이겨 낼 용기가 없었던 것이다.

간혹 세상에는 자아가 버티지 못할 충격을 받아, 또 다른 인격을 만들어 형성해 낸다고도 한다.

진조월은 그와 비슷하면서도 달랐다. 또 다른 인격을 만들어 내진 않았지만, 자신의 감정을 떼어 놓아 자신이면서도 자신이 아닌 객체를 만들어 버렸다.

"그 말은 즉, 넌 나를 두려워했다는 것을 넘어 너 자신이 추하게 변해 버릴까 두려워했다는 것이다. 나를 받아들이게 되면, 넌 네가 아니게 되어 버릴까 두려웠던 것이다. 너 스스로가 생각하고 느끼고 행동하는 것이 아닌, 먹물처럼 시커먼 내가 널 잡아먹을까 그것이 두려웠던 것이다. 처음 나타나기 이전에 너처럼."

진조월의 눈에 환상처럼 과거가 되살아났다.

스승인 철혈성주의 앞, 피투성이가 되어 일갈했던 자신이.

그리고 삼 년의 세월간 무던히도 힘을 되찾기 위해 애썼던 자신이 떠올랐다.

철천지원수를 떠올리며, 그를 죽이고자 염원하고 또 염원했다.

단전이 깨지고 범부보다도 못한 몸을 가졌음에도 그는 어쩐지 확신하고 있었다.

언젠가, 멀지 않은 시간에 자신에게 힘이 전해져 올 것임을.

부서진 단전이 되살아나고 이전과 비교조차 할 수 없는 신적인 힘이 부여될 것임을 그는 마음속 어딘가 확신하고 있었다.

왜 그런 확신을 하고 있었던 것인가.

"그때, 비로소 넌 천명(天命)을 느낀 것이다."

그렇다.

그것이 아니라면 답이 나올 수가 없다.

굳이 답을 내야만 할 필요가 있는 것은 아니었지만 진조월은 명확하게 자각했다.

씨앗이 움트고 있었다.

말로도 글로도 형용할 수 없는 강렬한 깨달음이 머리에서, 온몸에서 가득 느껴졌었다.

다른 누군가의 도움으로 부활에 가깝도록 일어서, 저 무도한 철혈성주를 향해 검을 겨누게 될 것이란 걸 그는 알고 있었다.

숙명이자 천명.

하늘이 철혈성주의 무참한 행태를 걱정하여 자신을 되살린 것.

허무맹랑한 소리라 치부해도 좋지만, 진조월은 분명 그리 느꼈다.

천명, 천의(天意)였다.

한 인간의 몸으로 감당하기에는 너무나도 벅찬 하늘의 뜻이 그와 함께하고 있었던 것이다.

"넌 명확하게 이해하지 못했지만 동시에 깨달았지. 하나 너무나도 커다란 천명에 휩쓸리게 될 본인이 두려운 넌 어찌했지?"

망치로 머리를 세게 맞은 듯한 충격이었다.

이미 자신은 모든 걸 알면서도 애써 부인하고 홀로 나약했다.

그래서 그는 스스로에게 너무나도 못할 짓을 했으며, 이미 주체를 가질 정도로 커진 괴물에게 감당키 힘든 시련을 건네 버렸다.

그는 다 알면서도 봉인했다.

오로지 하늘의 뜻을 이어받아, 저 무도한 자를 죽이기 위한 살육병기가 되는 것이 마뜩찮다는 것을 알고 있었다.

그래서 가슴이 터져 버릴 정도로 큰 분노와 슬픔을 뭉뚱그려 한 곳에 봉인시켜 버렸다.

그것은 결코 자연스러운 일이 아니었다.

인간은 감정을 그리 멋대로 떼어 놓을 수 있는 존재가 아니다. 설령 가능했다 한들, 무도(武道) 또한 도일진대 반쪽짜리에 불과했던 진조월이 이렇게까지 클 수 있었을 리가 없다.

온전한 깨달음은 나 자신의 완성에서부터 시작된다.

완성은커녕 자신의 분노조차 제대로 쳐다보지 못했던 자가 어찌 깨달음을 얻을 수 있었겠는가.

한데도 그는 이토록 높은 곳, 지고(至高)하다는 말이 어울릴 정도로 높은 곳에 앉을 수 있을 만한 깨달음을 얻어 마제신기를 만들어 냈고, 파괴적인 검도를 일구어 냈다.

사람이 가진 힘이나 행운의 문제가 아니다.

이것은 결코 올바른 일이 아니고 자연적인 일이 아니다. 이 또한 상리에 벗어났으니 역천이라 불리어도 과언이 아닌 것이다.

하늘이 명을 내렸으나, 반대로 역천의 존재가 되어 버린 자신이 이곳에 있다.

얄궂은 일이다. 신기한 일이었다.

스스로 역천이 되어 버렸음에도, 하늘은 깨달음의 길을 강제적으로 틔워 자신을 도달하도록 만들었다는 것인가. 참으로 어처구니없는 일이 아닌가.

"역천을 꿈꾸는 철혈성주에게 맞서 나 또한 역천이 되어 버렸다……. 하늘 높은 곳에 계신 분께서는 상당히 씁쓸해하시겠어."

"하늘이라…… 너는 진정 그리 생각하나?"

"무엇을?"

"하늘에 반하려는 철혈성주. 이미 역천의 존재가 되

어 궁극의 무도를 이룩한 너. 하면 넌 너 스스로 하늘의 뜻조차 어겼다고 생각하고 있는 것인가?"

"그리 생각하진 않지만 그 비슷하게는……."

"그렇다면 이 세상이, 저 하늘이 그리도 만만해 보였다는 것이로군."

충격에 충격을 더하는 말이었다.

하늘이 만만해 보인다?

그렇지 않다.

하지만 마음 한구석에서 그는 분명 그리 생각하고 있었다.

하늘은, 천명을 부여하는 높은 곳의 분은 어찌 이리도 빈틈이 많으신가.

진조월의 눈에서 기광이 떠올랐다.

스스로 질문을 하고, 답을 얻어 내며, 깨달았다.

"이렇게 된 것 또한 하늘의……."

"그것은 확실하지 않다. 그러나 이 광대무변한 세상의 이치 속에서 살아가는 우리들이 감히 가늠할 수 없는 하늘을 보며, 역천이니 뭐니 하는 것이 가당키나 한가 싶군. 애초에 천명, 숙명이라 하는 것도 결국 살아가는 이유 중 하나를 댈 뿐, 모든 것은 두 다리로 대지를 딛고 살아가는 우리가 만들어 가는 것이 아닌가?"

무엇이 옳은지는 아무도 모른다.

다만 진조월은, 또 다른 내가 발하는 목소리를 들으며 스스로의 오만함을 깨달을 수 있었다.

하늘의 뜻대로 살아라?

그것이야말로 오만의 소치다.

하늘의 뜻을 가늠할 수 있는 자, 세상 어디에 있으랴.

우화등선하여 신선이 되어 버린 누군가는 알 수 있는 것인가.

제대로 가늠할 수 있는 존재는 어디에도 없을 것이다. 다만 느끼고 행하며 나아갈 뿐이다.

진조월의 눈에서 이는 광채가 짙어졌다.

온전한 깨달음을 얻어 가는 진조월.

그런 진조월을 보며 또 다른 그인 괴물이 피식 웃음을 지었다.

"네가 여기에 온 이유를, 한때 나를 떼어 놓았던 이유를 이제야 이해했나?"

"그래, 이해가 된다."

"그렇다면 이제 목적을 이행해야 하겠지."

진조월의 눈에서 일순 서글픔이 맴돌았다.

괴물, 또 다른 나를 보며 이렇게 홀로 외로이 두었다는 것에 대한 죄책감과 미안함.

그리고 이제 다시는 이렇게 보지 못할 것이라는 상실감을 그는 느꼈다.

그리고 그의 그러한 감정은 괴물 또한 느끼고 있었다.

둘은 둘임과 동시에 하나. 당연한 감정의 여파였다.

괴물의 웃음소리가 짙어졌다.

"네가 그런 웃기지도 않는 감정을 품을 이유는 어디에도 없다. 이곳은 너의 가슴속인지라 외롭지 않았고, 다시금 하나가 될 터이니 만나지 못할 이유도 없다. 언제나 함께, '진조월'이라는 이름 석 자로 살아갈 우리가 아니던가. 애초에 떨어져 있었으되, 동시에 하나로 이어졌던 우리는 이제야 비로소 오롯한 하나의 '자연스러움'을 향해 나아갈 뿐이다. 이제 날 받아들여라."

"나 자신에게 부끄럽지 않은 이가 되겠다."

"당연한 말씀."

그렇게 진조월은 어둠이 걷혀 가는 것을 보며 눈물을 흘렸다.

　　　　　*　　　　*　　　　*

"이걸 이렇게 쓰게 되는군."

단기중은 고소를 머금으며 마지막으로 하나 남은 태청단을 진조월의 입속에 넣어 주었다.

부드럽게 녹은 태청단은 순식간에 진조월의 체내로 들어가 흩어진다.

거대한 약력의 집합체.

소림의 대환단에 비견되는 성약(聖藥)이 바로 태청단이다.

잘만 사용한다면 무인에게는 더할 나위 없는 보물이 되며, 범부가 복용해도 무병장수할 수 있고, 정신이 불안정하여 귀신을 보는 자가 섭취하면 평생 잡귀의 시달림을 받지 않는다고 하였다.

그러한 태청단이, 오로지 회복만을 위해 진조월의 몸으로 스며들고 있었다.

전신 혈도를 누르며 약력을 퍼지도록 만드는 백성곡의 손길이 신중하다.

"오왕의 진기는 여러모로 놀랍기 짝이 없어. 마제신

기라 했던가. 강력한 힘은 둘째 치고 거의 만능에 가까운 공능을 보여 주고 있네. 특히나 이 믿을 수 없는 치상결의 공능은, 목이 잘리지 않고 심장이 터지지 않는 한 가히 불사(不死)에 가까운 효능을 발휘하지. 광야종의 치상결이 이어진 듯한데, 그보다 몇 배는 더 증폭이 되어 끊임없이 탁기를 제거하고 신체를 최상의 상태로 만들어 주는군. 태청단의 무한한 약력을 받는다면 필시 믿을 수 없을 정도로 빠른 시간 안에 회복이 가능할 거야."

백성곡의 설명이 아니더라도 단기중과 임가연은 진조월의 상태를 잘 알고 있었다.

오장육부에 손상을 입고, 과다한 출혈로 실상 몇 번 죽었어도 이상하지 않을 몸이다.

그럼에도 마지막에 마지막까지 그처럼 강렬한 일검을 내칠 수 있었던 그의 무력과 정신력이 경이로울 뿐이다.

그럼에도, 진조월은 여전히 죽지 않았다.

몸은 죽어 갔으되, 이상할 정도로 활발하게 움직이는 진기가 그의 전신을 끊임없이 두들겼던 것이다.

실상 맥이 너무 약해져서 태청단처럼 거대한 약력을

가진 단약을 복용시키는 것에 문제가 있으리라 판단했지만, 백성곡은 기어이 복용시키는 쪽으로 가닥을 잡았다.

진조월이 익힌 신공의 힘을 믿어 보자는 투였으나, 단기중은 그것 외에도 다른 이유가 있음을 백성곡의 눈에서 볼 수 있었다.

'숙명의 상대라는 것인가.'

언어로 설명할 수 없는 어떠한 것을 백성곡도 느꼈으리라.

그 자리에 있는 모두가 느꼈을 것이다.

단기중은 물론 임가연도.

그리고 철혈성주도 느꼈으리라.

이 세상, 드넓은 천하에서 오로지 하늘이 내린 숙적임을 자처할 수 있는 자가 진조월임을 그들은 깨달았다.

인생에 있어 각자의 싸움이 있다지만, 진조월의 맞은편에 서서 일생의 승부를 볼 자가 철혈성주라는 걸 나머지 왕들은 더할 나위 없이 확실하게 깨달을 수 있었다.

태청단을 오로지 회복을 위한 방편으로 사용한 것도

그래서다.

끝이 다가오고 있는 전쟁, 그 보이지 않는 격전의 장에서 진조월은 반드시 철혈성주를 눌러 주어야 했다.

얼마나 지났을까.

태청단의 거대한 약력이 체내를 휘돌며 오히려 그의 혈도를 헤집고 망가뜨렸지만, 탄력을 받은 마제신기의 농도가 짙어지며 혈도를 복구시키고 하나의 물살을 만들어 내기에 이르렀다.

백성곡의 판단은 옳았다.

약력의 힘이 거대하다고는 하나, 지닌 영기(靈氣)가 삿되지 않고 순정하여 오히려 회복에 급진적인 도움을 준다.

그에 불어난 진기는 주인의 육체가 험하게 망가졌다는 것을 알기라도 하는지 강력한 기세를 뿜기는커녕 오히려 잠잠하게 육체를 수복해 나가기 시작했다.

반 시진이 지나자 온몸에 새겨진 자잘한 상처들은 천천히 아물어 피부만 붉어졌다.

한 시진이 다시 지나자 육신, 외적으로 보이는 상흔들은 눈을 씻고 보아도 찾을 수 없었다. 기적이라 불릴 정도로 압도적인 치유력이었다.

그리도 다시 한 시진.

어두운 하늘. 휘영청 뜬 달이 세상을 은은하게 비춰 주고 있을 그때에.

진조월의 눈도 조용히 뜨였다.

"정신을 차렸나?"

걱정스러움과 감탄이 동시에 어린 백성곡의 말. 단기중의 눈동자가 초롱초롱해지고 임가연 역시 흔들리는 눈으로 진조월을 바라보았다.

빠르게 회복할 줄은 알고 있었지만 이 정도로 빨리 깨어날 줄 몰랐다는 눈빛들이었다.

그 험한 격전이 있은 지 한나절도 지나지 않았다.

당장 죽어도 이상하지 않을 외상과 내상이 무서운 속도로 나았다는 뜻이리라.

천천히 일어난 진조월은 문득 자신의 체내 안에서 약동하는 기이한 힘을 느꼈다.

마제신기의 힘은 둘째였다. 아직 다 녹지 않은 약력이 세맥 곳곳에 뭉친 채로 어서 녹여 달라 애를 쓰고 있었다.

수많은 영약을 먹어 본 진조월로서도 일찍이 느껴 본 바가 없었던 엄청난 힘이었다. 기(氣)의 집합체, 그야말로 놀라운 수준이었다.

"태청단이오?"

"자네한테 썼지."

"그 귀한 것을 어찌하여 내게……?"

문장의 끝을 보지 못했다. 진조월의 의혹 어린 시선
에 백성곡이 살짝 웃었다.

"자네가 끝내길 원하기 때문이지."

진조월은 백성곡과 단기중, 임가연의 눈을 바라보면
서 또 하나를 깨닫게 되었다.

강렬하게 싹을 틔웠던 천명의 꽃봉오리. 그것을 자
신만이 아닌, 천하를 향해 발걸음을 옮겼었던 이들 모
두가 느꼈던 것이다.

각자의 싸움은 따로 있는 법.

이들의 싸움은 이미 예전, 만월지란에 끝났음을 진
조월은 깨달았다.

이제 이들이 할 일은, 동료로서 자신이 끝마쳐야 할
그 전투의 장으로 인도해 주는 것.

자신의 운명이 따로 있듯이, 이들의 운명도 따로 있
다.

운명, 숙명, 천명.

모든 이유를 초월한 이치가 있다고들 하지만 이들은 그런 것들마저도 넘어섰다고 생각했는데 마냥 그렇지는 않은 모양이다.

마땅히 마쳐야 할 일로써 다른 선택을 할 수 있었음에도 협사회의 일원으로 돌아가 이 싸움을 지속하려는 의지가 느껴졌다.

몇 달이나 보았을까. 안 지 얼마나 되었다고 자신에게 이러한 호의를 베푸는 것일까.

아무리 같은 협사회, 칠왕의 이름으로 엮었다고 한들 태청단 같은 보물을 이리 쓰는 것은 보통 결단이 아니었을 터.

진조월은 이들 사이에서 처음으로 고개를 숙여 감사의 말을 전했다.

"반드시 철혈성주를 이 손으로 잡겠소."

흐뭇한 미소가 감도는 광경이었다.

비록 손에는 피가 묻은 병장기를 들고, 질주하는 무도로 누군가를 죽이기 위해 돌진하려 하지만, 그들 사이에서 피어나는 따뜻함은 결코 삿되지 않았다.

"언제 가려 하는가?"

"만반의 준비를 하려면 족히 이틀은 걸릴 겁니다."

"이틀. 좋다. 이틀 뒤, 모두 몸 상태를 최상으로 끌어 올리고, 철혈성을 향해 나아간다."

"한데 화산과 소림, 주산군도에서는 소식이 왔습니까?"

"올 소식은 따로 없네. 다만 그들이 도착하면 그뿐. 아마도 이곳 어딘가에 곧 도착할 걸세."

"철혈성…… 결코 만만치 않을 겁니다. 이전과는 또 다를 거예요."

"걱정 말게. 진입 자체는 칠 년 전보다 쉬웠으면 쉬웠지, 어렵지는 않을 터."

"묘책이 있으신지요?"

백성곡의 미소는 언제나 모호하면서도 믿음이 갔다.

"우리가 왔음을 저들이 안다면, 성의 문은 열릴 것일세."

4.

전쟁발발(戰爭勃發)

철혈성주는 가만히 태사의에 앉았다.

아직도 안색이 파리하다. 파괴된 힘이 정상적으로 돌아오지 않고 있는 까닭이다.

여섯 명, 가히 한 명, 한 명의 힘이 정상을 바라보고 있는 술사들의 힘으로도 파괴적인 그 공력의 힘을 무마시키는 것에 그쳤을 뿐, 근본적으로 치료시킬 수는 없었던 것이다.

'신검현기. 장만위 이 노괴가……..'

아마도 지닌바 광대한 힘 중 일부를 물려주었을 것이다.

일부라 하나 순도 높은 기운이 워낙 대단하여 스친 상처만으로도 행동에 제약이 당했다.

고통 따위야 대수로울 것 없었지만 온몸에서 빠져나가는 힘을 부여잡기 위해 무진 애를 써야 했다.

그의 눈에 광채가 떠올랐다.

'엿새라…….'

자신에게 해를 가할 수 있는 능력이라면 백성곡도 충분히 갖추었다고 할 수 있겠지만 그로서는 무리다.

근본적으로 자신의 힘을 무너뜨릴 수 있는 자, 진조월과 장만위가 버젓이 세상에 존재하는 한 엿새라는 시간은 너무 길었다.

조금이라도 시간이 당겨졌으면 좋겠지만 그렇게 되면 대계에 마무리가 제대로 되지 않을 터.

외부에 두터운 방벽을 세우고 제대로 막아 내지 못한다면 제대로 힘을 건사하기도 전에 독아에 당할 수도 있다.

약간이나마 예지가 가능한 철혈성주였지만, 그런 그로서도 이번 싸움의 앞날이 제대로 보이지가 않았다. 그의 미간에 깊은 골이 생겼다.

"양의."

"예, 성주님."

그림자처럼 옆에서 솟구치는 양의였다. 무표정한 얼굴, 여전히 사람이라 생각할 수 없는 분위기를 보여 주고 있었다.

하지만 그의 분위기는 이전과 달랐다. 조금 더 경직되었고 긴장이 서렸다.

"양문에게서 소식은 없는가."

"아직……."

"도대체 어디서 무엇을 하고 있단 말인가. 죽었을 리는 없을 터인데."

여유롭게 대계가 진행될 줄 알았건만 막상 여기까지 도달하자 뭔가가 자꾸 삐걱대고 있었다.

불안함이 증가한다.

비록 검제 장만위처럼, 세상을 있는 그대로 관조하는 것에 뜻을 두지 않고, 증폭된 힘을 무력으로 집중하여 강력한 힘을 얻었지만, 그 역시 신인(神人)이라 불리기에 부족함이 없는 사람이다.

장만위만큼은 아니어도, 어느 정도의 앞날을 읽어 가는 것이 가능하다는 뜻이다.

"이 불안함은 무엇인지 도통 알 수가 없다."

"걱정하지 마십시오. 곧 연락이 올 것입니다. 앙신 강림요법마체가 터진 징후도 느껴지지 않았으니 적어도 일이 터지기 전까지는 성에 도착할 것으로 생각이 됩니다."

"그렇겠지. 반드시 그래야만 할 것이다."

철혈성주의 눈에 은은한 살의가 맴돌았다.

스스로 다독거리며 걱정거리를 없앴지만 그러자 떠오르는 얼굴은 어쩔 수 없이 진조월일 수밖에 없었다.

버러지만도 못하게 보았던 놈이 이렇게까지 크다니.

장만위의 신검현기를 받았다고는 하지만 깨달음은 온전히 스스로 얻을 수 있는 것이다.

그 어린 나이에 어찌 그토록 지고한 경지를 이룩하여 자신에 대적할 수 있었단 말인가.

놀랍기 짝이 없는 일이다.

'하늘이여. 하늘이여. 당신은 그렇게나 나를 막아서고 싶었던 것인가. 그래, 좋다. 정녕 그렇다면, 내 직접 파천(破天)의 광경이 어떠한 것인지 직접 보여 주겠다. 이미 숙명을 벗어나 내 스스로 신(神)이 되려 한 이 오만한 남자의 힘과 악이 어디까지 도달했는지 직접 그 눈으로 보게 만들어 주겠다.'

다짐을 했지만 그럼에도 뭔가, 가슴 한편이 시리다.

도대체 왜 이러는 것인가.

아무런 문제도 없었다.

비록 간단한 인사나 한 번 하고 오자 했고, 거기서 상당한 피해를 보았지만, 실상 대계 자체에 문제가 되는 것은 없었다.

자신은 그저 엿새간, 힘을 회복하고 침입할 적들의 공격에 만전의 태세를 갖추면 그뿐이다.

십 할의 확률.

막는 것은 어렵다고 하나, 시간벌이는 충분하다고 생각했다.

어차피 신으로 변모할 터이니 주변 사람들이 어찌 될지는 알 바도 아니다.

그때까지 버텨 줄 장기의 말, 그 이상도 이하도 아닌 것이다.

한데 갑자기, 이런 불안감이 왜 생기는 것인가.

그는 언제부터 이런 불안감이 생겼는지 고심하다가 이윽고 깨달았다.

그러고는 얼굴을 찌푸렸다.

역시나 진조월이 떠오른다.

그놈을 보고, 그놈의 검에 상처를 입고, 그놈의 진경이 실로 무시무시한 경지에 이르렀음을 보고 불안감이 증폭되었다.

그 이전까지는 확신만을 가진 채 앞길을 걷지 않았는가.

왜 진조월을 떠올리면 불안함이 커져만 가는 것인가.

철혈성주는 애써 외면하려 했던, 그러나 스스로가 이미 깨달았던 바를 인정할 수밖에 없었다.

'나의 반대편. 진정한 천적이라 이거냐?'

당치도 않다 생각했다.

누구든 상관이 없었다.

자신에 근접한 무력을 가진 자는 있을지언정 이토록 생생하게 적의와 위협을 느낄 수 있는 자는 없으리라 생각했다.

그토록 오랫동안 싸워 왔던 칠왕, 그중에서도 백성곡의 무력이 특출 나다 했으나 이런 위압감을 느껴 보지는 못했다.

진조월은 달랐다.

그에게서는 자신의 안위를 위협하는, 인간으로 태어나 신의 경지에 도달할 자신에게 치명적인 상처를 줄 숙명의 적의가 느껴졌다.

"양의."

"예."

"가능한 한 빨리 양문과 접촉을 시도하고 빠른 시일 내에 귀환하라 이르게."

"천라(天羅)를 쓰라는 말씀이신지요?"

"그래. 다소 느긋하게 진행하려 했건만 안 되겠어."

"도대체 어찌……?"

"불안하다."

"예?"

"이미 나를 신세계의 영역에 도달하도록 만들어 줄 일곱 술법사들 중 둘이 삼도천을 건넜다. 최후의 한 수 가 있어 안심이 된다고는 하나 이왕 이리 된 것, 아예 근접조차 못하도록 완전히 끝장을 내야겠다."

양의는 철혈성주의 어조에서 격동을 느꼈다.

지금껏 모셔 오며 한 번도 본 적이 없는 흔들림이었 다.

조금은 당혹스럽다.

철혈성주 역시 한 명의 인간인지, 일의 마지막에 이 르자 이리도 나약한 면모를 보여 주는가.

그러나 양의가 할 대답은 정해져 있었다.

"알겠습니다. 천라, 이 시간부로 봉인을 해제하겠습니다."

*　　　　　*　　　　　*

현천도장은 가만히 검을 쓰다듬었다.

현대 대륙에서 쓰이는 장검(長劍)의 형태와는 다소 차이가 있는 고대의 병기였다.

고검(古劍), 얼마만큼의 세월이 지났는지 측량할 수가 없는 검이었지만, 놀랍게도 아직까지 드러난 신기(神氣)가 대단하기 짝이 없었다.

그저 바라보는 것만으로도 마음이 풍요로워지며 손에 쥘 때는 무한한 공능이 체내로 들어와 세상 모든 일을 전부 해낼 수 있을 것만 같았다.

삼청보검.

수많은 전설로 점철이 된 이 검은, 소문대로라면 병장기로서 쓸 검이 아니다.

전설 중 하나로 팔선(八仙) 중 검선(劍仙) 여동빈이 악룡을 물리칠 때 쓴 검이 이 삼청보검이라는 소리도 있었고, 노군(老君)이 등선하기 전, 세상에 나타날 악의 씨앗을 없애기 위해 최후의 보루로 남긴 검이라는 전설도 있었다.

어느 것 하나 믿기가 어려웠지만 확실한 하나는, 이 검이야말로 세상에 퍼진 수많은 신병이기와 보물들 중 단연 최고라는 것이었다.

시대를 거쳐 무수한 사람들의 손을 탄 신병.

무당파에 보관되기 전, 삼청보검의 이전 주인은 바로 현천도장의 스승이자 철혈성주의 스승이기도 했던 이전 세대의 최고 술사, 이천후(李天候)였다.

당시 술사들 중에서도 가히 최고의 역량을 자랑했었고, 세월이 주는 노쇠함을 뿌리친 채 숙명을 넘어서 삼 갑자의 세월을 살았던, 역사에서도 감히 찾기가 힘든 지고한 경지의 술법사가 바로 이천후였다.

칠왕 중에 음양왕이 있어 금계신군이라 불리고, 철 혈성주의 재능이 하늘에 닿아 무공과 술법 양쪽을 모두 극에 이르도록 연마한 천재 중에 천재라 했지만, 현천도장은 진짜 술법의 극점을 찍은 이천후의 힘이야말로 전무후무한 경지라고 생각했다.

술사들에게 부여된 하늘의 숙명.

경계에 머물러 세상을 관조하되, 결코 속세의 일에 끼어들지 말라는 계율이 있는 술사들 중 유일하게 법칙과 법도를 벗어나 자유로이 살아갔던 술사들의 아버지.

핏줄 탓일까.

철혈성주는 스승이자 아버지였던 이천후를 죽이고, 동시에 아버지가 걸었던 길을 다른 방법을 써서 걸어가고 있었다.

훨씬 비인간적이고 훨씬 악랄한 방법으로.

'스승님.'

그의 눈에 격동이 깃들었다.

아들이자 제자의 손에 유명을 달리하면서도 묘한 미소를 지은 채 정겨이 죽음을 맞이했던 이천후.

그는 죽음 직전에 무엇을 보았을까.

'무엇을 보셨든, 이 제자는 사형이었던 자의 폭주를 두고 보지 못하겠습니다. 또한 오만한 협사회의 일원들도 이대로 둘 수가 없지요.'

현천도장은 백성곡을 필두로 한 칠왕들의 얼굴 하나, 하나를 기억했다.

기질은 달라도 공통점이 있는 이들.

바로 눈 한가운데에 서린 협기(俠氣).

민중을 수호하고 세상을 지키고자 분연히 일어선 칠왕종의 후예들.

그들은 숭고한 이들이었고 대단한 협사들이었으며 참으로 인간적인 이들이었다.

그러나 그것이, 바로 오만함의 다른 얼굴이다.

'당신들도 함께 사라져야 마땅하다.'

협이라는 것은 말로도 글로도 표현할 수 없는 진실된 마음의 발현이다.

협사회의 일원, 칠왕종의 공부를 이은 칠왕들은 이러한 협의 기질을 뚜렷하게 가져 세상을 밝히는 등불로서 모순되게도 어둠 속에서 싸워 간다.

거기서 문제가 있다.

세상에 드러나지 않은 이들.

스스로 협의 가치를 일으켜, 천하창생에 문제가 되는 이들을 향해 막강한 무력을 겨누는 오만한 자들이다.

그들의 역사는 유구하다.

유구한 만큼 무공의 발전이 굉장했고 그만큼 인맥도 많았으며 힘도 대단했다.

협이라는 하나의 글자를 위해, 민중을 위한다는 명목 아래 죄 없는 이들이 얼마나 많이 스러졌던가.

그들, 혹은 그들의 선조들이 손을 써서 죽은 생령들의 숫자는 수를 헤아리기도 힘이 든다.

세상을 살아가며 어찌 좋은 일만 하고 살 수 있겠느냐만, 협이라는 올곧은 가치를 다른 누구도 아닌 그들 스스로 판단하여 단순한 가능성을 가진 이들.

돌이킬 수 없다고 판단되는 이들까지 뿌리를 뽑는 행태는 아무래도 문제가 있을 수밖에 없다.

세상은, 자연은 흘러가는 대로 두어야 함이 마땅하다.

무도를 걸어 하늘에 한 발자국 가까워지는 이들이, 하나의 가치에 목을 매달아 맹목적으로 무력을 사용하게 된다는 것.

천하 창생에 해가 되는 이들을 격파한다고 하나, 이미 그들 자체가 천하 창생에 해가 되어 버렸다.

협사로 일어났으되 스스로 가치를 믿는 순간 뒤도 돌아보지 않은 채 피를 보길 두려워하지 않는다. 그들은 협사라는 이름의 괴물이 되어 버린 것이다.

수많은 생령의 목숨을 취해 인간으로 태어나 신으로

변모하려는 철혈성주.

협이라는 글자로 일어나 민중을 위해서는 피 보기를 두려워하지 않는, 광신도와 같은 집단인 칠왕들.

모두가 세상에서 사라져야 마땅할 존재들이다.

현천도장의 눈에 은은한 살기가 어렸다.

도문의 장문인이 품은 눈빛이라고는 도무지 생각할 수 없는 살벌함이었지만 그는 스스로도 자각하지 못하고 있었다.

'어차피, 철혈성 안에서 전쟁이 터진다면 결국 다 죽게 될 것이다. 그리 되어야만 한다.'

분명 그리 될 것이다.

철혈성의 제자 중 하나와 함께 일을 벌인 지 얼마나 되었나.

준비는 모두 끝났다. 무도하고 오만하기 짝이 없는 모든 이들을 세상에서 소멸시키기 위해, 그간 들인 공이 얼마던가.

"그간 고생들 하셨소."

삼청보검의 신기 어린 검신 속에 비추어 든 자신의 얼굴.

현천도장의 얼굴은 하얗게 웃고 있었다.

　　　　　*　　　　　　*　　　　　　*

　진조월은 가부좌를 틀고 가만히 눈을 감았다.

　운공은 더 이상 필요하지 않다.

　마제신기가 마치 생명을 얻은 또 다른 생물체처럼 온몸 구석구석을 누비며 무서운 속도로 남은 상처들을 치료해 주고 있었다.

　더불어 세맥 곳곳에 숨은 태청단의 약력까지 녹여 상중하, 삼단전을 풍요롭게 만들어 주었다.

　기는 기대로 놔두면 된다.

　정리를 해야 할 것은 바로 검. 검이었다.

　끝이 멀지 않았다. 철혈성으로 진격하기 전, 마땅히 자신의 무공에 확신을 가져야 마땅했다.

　마제신기는 더 이상 건드릴 수 없는 극점을 향해 도달하고 있으니 문제가 없지만, 검은 손봐야 할 곳이 분명 있었다.

　마제신기를 이용, 철혈성주와 겨루면서 하나의 체계를 갖추고 뚜렷한 투로까지 떠올랐지만 제대로 정리가 되지 않았다. 그는 상상 속에서 검을 쥐고 검로를 그려 나갔다.

'투로에는 더 이상 문제가 없다. 문제는 기의 흐름. 이전 철혈성주에게 사용했던 검격의 그림을 생각하자. 투로에 걸맞은 마제신기의 운용이 중요하다. 그 외에는 별 것 없어. 이치에 따르면 된다. 이치에 따른다면 그보다 더 좋은 검법이 세상에 없을 것이다.'

깨달음이 그대로 녹아든 검법이었다.

묵색의 장검이 그리는 고아한 궤적. 검첨에서 흐르는 빛살과도 같은 힘이 허공을 파괴하며 무참한 검도를 펼쳐 낸다.

파괴적인 힘.

그러한 힘의 흐름을 어떻게 순간의 깨달음으로 떠올렸는지 지금 생각해도 신기할 따름이다.

그는 상상 속에서 검을 휘두르다가 이내 생각에 잠겼다.

'검이라……. 검. 검은 어디에 있는가.'

상상 속의 진조월은 자신의 허리춤을 바라보았다.

검집. 검집이 있었다.

'검은 검집에 들어 있다. 나는 오로지 검만을 보았지, 검이 들어선 검집은 보지 못했구나.'

날카로운 검은 검집 속에 들어 있다가, 상대를 해하기 위해서 튀어나오기 마련이다.

검집은 검의 마땅한 반려.

검집이 없이는 검도 반쪽짜리 무구에 다름이 아니다.

그렇다면 검집은 어떻게 사용하는가? 검집을 검처럼 휘둘러야 되겠는가?

아니다.

'발검술(拔劍術).'

모든 검법의 시작이자 끝.

검집에서 검을 뽑고, 검이 행할 일이 끝나면 다시 검집 안으로 들어선다.

검법의 시작과 끝이 거기에 있는 것이다.

'검로는 직선.'

검로에 변화를 넣으면 속도에 손상을 입는다.

왼손으로 검집을 쥐고, 오른손으로 검파를 잡으며 발, 무릎, 허리, 어깨에서 팔꿈치까지 탄력적으로 이용해 발검 한다.

그것으로 모든 검법이 시작되는 것, 진조월의 머리에서 마침내 파괴력만이 가득했던 검법에 도(道)가 깃들기 시작하는 순간이었다.

'이것이 일초(一招)다.'

일초, 발검에서 시작한 검이 곧바로 공격을 감행한다.

방어는 필요하지 않다.

방어란, 상대의 공격을 제대로 감당하지 못하거나나 자신 혹은 아군의 방비를 위해 사용해야 할 만한것.

진조월이 원하는 검의 길은 그러한 것이 아니었다.

질주. 도달. 극점이다.

공격으로 방어를 대신한다.

오로지 공격 일변도의 검법, 그럼에도 한순간에 틈이 없어야 한다.

꽉 짜인 그물처럼 초식 사이에 빈틈이 없음에도 몰아칠 때는 파도처럼 나아가야 마땅하다.

휘몰아치는 돌풍처럼, 모든 걸 쓸어버리는 파도처럼, 산 전체를 휘어잡는 불길처럼.

이전의 검격이 마침내 완성에 이른 정교함을 갖게되었다.

하지만 아직은 부족하다.

'연환. 연환이 부족해. 빈틈은 없지만, 너무 빠르고

격정적인지라 내공의 절묘한 운용에서 작은 파탄이 일어날 가능성이 있다.'

사소한 것 하나도 놓치지 않는 치밀함이었다.

연환검에 생각이 이르자, 그는 일전에 싸웠던 창제 구휘의 무공을 떠올렸다.

만천구겁창.

극한의 파괴력으로 전방 모든 것을 박살 내는 무시무시한 창술이었다.

도무지 틈을 찾을 수 없는 창술.

어떻게든 받아넘기기는 했지만 유(柔)의 묘리로도 충격을 모두 완화할 수가 없었다.

충격도 충격이었으나 몰아치는 공격법이 완전(完全)이라는 단어를 떠올리게 만들었다.

'그와 같이 검을 펼칠 수 있다면.'

지나치게 극단적인 검은 바르지 않다.

구휘의 만천구겁창은 희대의 위력을 가진 무공이었지만 상대가 어떻게든 버티게 되면 반대로 자신이 죽는 전장의 무도였다.

필요한 만큼은 취해야 할 터이지만, 그것만을 위한 무공이라면 오히려 혈예수라검을 사용하는 게 낫다.

'일격에서 팔격까지⋯⋯. 아니다, 더 갈 수 있어. 십. 열 번의 연환공세가 가능하다. 이렇게 되면⋯⋯.'

진조월의 집중력이 무섭도록 깊어졌다.

일초의 발검, 일검살(一劍殺)에서부터 오초 용린살(龍鱗殺)까지.

순식간에 펼쳐지고 만들어지는 검법이었다.

한 번 물꼬가 트이자 그야말로 터진 둑에 새는 물처럼 거침이 없었다. 그간 보았던 모든 무공의 장단점을 분석하고 받아들이며 깨달음이 개화한다.

그렇게 동이 터오고, 육초식 마왕살(魔王殺)까지 만들어 간 진조월이었다.

천천히 눈을 뜨는 그.

상당히 피로한 눈빛이었다.

'여기까지인가.'

칠초식.

천천히 떠오르는 초식의 흐름과 위력이 있었지만, 잡힐듯 잡히지가 않았다.

계속 잡고 있어 보아야 심력만 낭비될 뿐. 더 이상의 진전은 무리라는 걸 그는 알고 있었다.

지금 당장 만들어 내기에는 무리인 검이다.

그래도 보람찬 시간이었다. 그간 막연하게 깨달았던 것을 풀어내기 바빴던 검법을 세밀하게 교정하여 수면 위로 떠오르게 하였다.

그것만으로도 대단히 큰 수확이었다.

'일초부터 육초까지. 하나하나 공간을 파괴하며 적의 육신을 모조리 터트린다. 살기가 짙은 무공이야.'

공격적인 검법을 만들길 원했지만 실상 너무 살기가 짙고 패도적이었다.

위력에서 만큼은 더할 나위가 없었으나 함부로 펼칠 만한 무공은 아니었다. 만들어 놓고도 이 무자비한 위력에 마음이 휩쓸릴까 저어가 될 정도다.

'파공. 파공검(破空劍).'

그렇게, 진조월은 마침내 마제파공검(魔帝破空劍)이라는 희대의 절학을 만들어 낼 수 있었다.

아직 칠초식이 정립되지는 않았지만 뜻이 닿는다면, 언젠가는 반드시 완성될 수 있으리라.

그의 몸 주위로 은은한 예기가 맴돌았다.

\*　　　　\*　　　　\*

진조월이 검의 깨달음에 매달릴 시간 백성곡과 단기중, 임가연 역시 각자의 몸을 살피고 무공을 정비하는 데에 전력을 기울였다.

마제신기만큼은 아니었어도 그들이 익힌 칠왕종의 무학들을 하나하나가 개세절학이라 불리기에 부족함이 없는 무공이었다.

치상결로는 광야종이 최고겠지만 그들의 무공 역시 육신에 걸맞은 생성의 기운을 내며 태청단의 힘까지 받아 무서울 정도로 빠르게 강건해질 수 있었다.

유일하게 태청단을 복용하지 않은 백성곡은 오히려 다른 이들보다도 빠르게 체력과 기를 회복할 수 있었다.

그처럼 높은 경지에 있는 고수는 무엇이 달라도 한참 다른 모양.

단기중이 먼저 눈을 뜨고 임가연이 모습을 드러냈으며 진조월 역시 검을 쥐고 나타났을 때 백성곡은 어디서 잡아 왔는지 멧돼지 한 마리를 먹음직스럽게 요리해 놓은 상태였다.

"배가 든든해야 일도 손에 잘 잡히는 법이지. 소금이 없어 간을 하진 못했지만, 먹을 만할 게야."

후배들을 위해 손수 요리를 준비했다.

설령 탄 고기라도 맛나게 먹을 수 있을 터.

단기중은 멧돼지 다리 하나를 잡고 정신없이 뜯어먹기 시작했다.

진조월도 천천히 고기를 씹었다.

며칠간 제대로 된 식사를 하지 않았음에도 그는 급한 기색이 없었다. 그것은 임가연 역시 마찬가지였다.

게걸스럽게 먹는 것은 오로지 단기중 한 명뿐이다.

"크으. 여기에 술이라도 한 병 있으면 기가 막힐 텐데."

주당을 자처하는 사람다운 발언이었다.

임가연이 그 투명한 눈길로 핀잔을 주었지만 단기중은 여전히 입맛을 쩍쩍 다셨다.

이런 호리호리한 몸 어디에 술이 들어가고 어디에 고기가 다 들어갈 수 있었는지 모를 일이다.

백성곡은 피식 웃으며 진조월에게로 시선을 돌렸다.

"간밤에 그리 집중을 하더니만, 뭔가 깨달음이라도 있었던 겐가? 몸에서 이는 예기가 놀랍군. 이전보다 안온해졌지만 예기는 더 늘었어."

확실히 백성곡의 무력은 단기중이나 임가연보다 더

높은 곳에 있었다.

그저 보고 분위기를 읽는 것만으로도 상대의 무력과 깨달음을 판단한다.

신에 이른 무력이 그에게는 있었다.

칠왕수좌다운 눈이었다.

진조월은 가볍게 고개를 끄덕였다.

"체계를 만들기는 했는데…… 아직은 모자라오. 실마리는 잡았지만 더 애써 봤자 나올 것 같지 않았소."

"너무 서두르려 하지 말게. 상황이 상황인지라 안타까움을 느낄 수는 있을지언정 숨 쉬는 것처럼 자연스레 여겨야 모든 것이 자리를 잡아 가는 것이야. 하룻밤만에 검법 하나를 만들어 냈다면 그것만으로도 천하가 기경할 일이니, 일단은 그에 만족하고 몸에 붙이는 것이 먼저겠지. 마지막 깨달음은 그 이후에 찾아오게 될터."

금과옥조였다.

이전 서호신가 후원에서 광야종을 일으킨 그에게 가르침을 주었던 그때 그대로였다.

진조월은 가볍게 고개를 끄덕이며 감사를 표했다.

단기중이 어깨를 으쓱했다.

"이제는 이놈, 아주 괴물이 다 되었군. 거기서도 또 뻗어 나갔단 말이냐? 하늘은 너무 불공평해."

툴툴대고 있지만 그것이 질투로 인한 것이 아니라는 걸 안다.

진조월은 가볍게 웃었다.

지금까지 차가웠던 인상의 그와는 너무나도 어울리지 않는 미소인지라, 단기중과 임가연은 물론이고 백성곡까지 먹던 고기를 토해 낼 뻔했다.

"우, 웃었다."

뭔가, 큰일이라도 난 것 같다.

진조월은 어색한 표정으로 고기를 씹었다.

괜한 부끄러움이랄까. 어색함에 어떤 표정을 지어야 할지 알 수가 없었다.

멍하니 그를 보던 단기중이 파안대소(破顔大笑)를 터트리며, 그의 등을 탕탕 두들겼다.

어찌나 세게 두들기는지 이번엔 진조월이 입에 문 고기를 토할 뻔했다.

"푸하하. 이놈아! 이제야 좀 사람 같다. 그래, 웃으니 얼마나 좋으냐. 세상은 그리 살아야 하는 것이야. 꽝꽝 얼어붙은 고약한 얼굴로 살아 봤자 재미있을 것 하나 없다는 말이다."

호방한 음성이었다.

진조월의 얼굴에 어쩔 수 없다는 웃음이 다시 한 번 스쳐 지나갔다.

그렇게 제법 화기애애한 식사시간이 지난 후.

백성곡이 지나가는 투로 가볍게 물었다.

"오왕."

"물을 것이 있소?"

"그 술사 중 한 명은 어찌할 텐가."

진조월의 얼굴이 삽시간에 굳어졌다. 단기중이나 임가연의 얼굴도 마찬가지였다.

분명 꺼낼 만한 주제였다.

싸움이 벌어지기에 앞서 확실히 해 두지 않으면 안 될 이야기.

따로 불러 이야기를 해도 상관이 없었지만 백성곡은 일부러 모두가 보는 앞에서 꺼냈다. 마땅히 그래야 할 일이었다.

그가 말하는 술사는 다른 누구도 아니었다.

벽소영.

사신지보 중 남천의 지보, 주작화창을 지닌 벽소영

을 말하는 것이었다.

철혈성주의 도주 직전, 진조월이 내쳤던 최후의 일
검은 술사들 중 둘을 아예 가루로 만들다시피 했다. 그
중 한 명은 정체를 모르는 이였고, 다른 한 명은 청룡
지보, 청룡군모를 지닌 연정진이었다.

술사들의 술법과 두 술사들의 목숨을 내놓고서 겨우
탈출한 철혈성주였다.

다음에는 어찌 될 것인가.

벽소영은 다시 보게 될 것이다. 분명 그리 될 것이
다. 그렇다면, 그때도 이전과 같이 무정하게 검을 내칠
수 있을 것인가.

진조월은 가볍게 하늘을 바라보았다.

동이 트는 아침. 깨끗한 하늘이었다.

그 하늘 너머에서 벽소영이 살짝 웃는 모습이 보였
다.

가슴이 아릿해지는 미소.

너무나도 아름다운 모습을 보며 가슴 한편이 따뜻해
지지만 정작 그의 입에서 나온 말은 살벌하기 그지없
는 것이었다.

"상관없소."

"상관이 없다?"

"그녀가 다시 정상으로 돌아올 수 있는 방법이 있다면 백 번이든 천 번이든 목숨을 걸고 방도를 찾겠지만, 이번 전투에서 우리는…… 나는 명확한 목표를 삼고 있소. 그 목표의 앞을 가로막는다면 설령 과거의 인연이라 한들…… 내 검 앞에서 무사하다 장담하기 어려울 거요."

거의 산뜻하다는 느낌이 들 정도로 가벼운 어조였다.

하지만 내용은 무섭다. 자신의 앞을 막는다면, 과거 연인이었던 자의 목숨조차 앗아 가리라.

아무런 기세도 발하지 않았지만 창대하게 일어나는 슬픈 살의였다.

다른 누구도 아닌 진조월의 살기였기에 그 살기는 진했고 슬펐다.

명확한 의지이기에 누구도 말을 잇지 못했다.

얼마나 시간이 지났을까. 단기중이 입을 연다.

"이런 질문을 지금 해 봤자 무의미하다는 걸 알지만, 어떤 인연으로 얽힌 사이이기에 그러하냐. 혹, 과거의 연인이었던가?"

다시 한 번 떠오르는 벽소영의 얼굴.

진조월의 눈동자가 과거를 짚었다.


*　　　　　*　　　　　*


전장 중에서 만난 사람이었다.

절강 벽가. 도대체 무엇을 하는 가문인지 알 수 없었지만 장군이 공손하게 대하는 모습을 보면 보통 가문이 아니라는 것을 알 수 있었다.

굳이 그런 것이 아니더라도, 가만히 서서 사방을 둘러보는 벽소영의 모습은 기품이 있었고 그것만으로도 위엄이 넘쳤다.

여인의 몸에서 풍길 만한 기세가 아니었고 한 줌의 무공도 익히지 않은 것 같음에도 만인을 아래로 둘 만한 힘이 있었다.

"어딜 다쳤나요?"

깨끗한 물에 적신 천으로 상처를 닦아 내는 진조월을 보며 벽소영은 그렇게 물었다. 어깨와 가슴, 등에 자상이 있는 걸 빤히 보고 있음에도 묻는다.

진조월은 가볍게 그녀를 무시했다.

"말을 하지 않는군요. 나랑 말을 섞기가 싫은가요?"

당돌한 여자였다.

진조월이 그녀에게 굳이 말을 건네지 않은 이유는 따로 있었다.

반희염. 벽소영은 사매와 닮았다.

분위기부터 도통 닮은 곳이라고는 찾아보기 힘들었지만, 진조월은 그리 느끼고 있었다.

벽소영은 반희염과 놀라우리만치 닮은 '어떠한 것'이 있었다.

그것이 그녀를 대하는 것에 어색할 수밖에 없도록 만들었다.

진조월은 어깨에 피를 닦아 내면서 조용히 말했다.

"할 일이 없다면 이만 가시오."

"할 일이 있어요."

무슨 일일까?

벽소영의 눈동자가 작은 반월을 그렸다.

눈웃음.

아프다. 그녀의 눈웃음은 반희염의 그것을 떠올리게 만든다.

"그대를 보는 것이 내가 할 일이죠. 야차부대의 부대장. 직책은 천호지만 대장군조차도 함부로 하지 못하는 무적의 부대장. 진 대장, 맞지요?"

이미 며칠 전에 보았던 사이였다.

굳이 다시 이야기를 꺼낼 필요가 무엇이 있을까. 딱히 하고 싶은 말이 있었던 것일까.

의아한 진조월의 눈을 보며 벽소영은 다시 웃음을 지었다.

분위기와는 도통 어울리지 않는 미소였지만, 그래서 더욱 매력적인 미소였다.

"천을 줘 봐요."

"이게 무슨……?"

거의 빼앗다시피 젖은 천을 들고 진조월의 등을 닦는 벽소영이다.

일찍이 겪어 본 적이 없던 여성이었다.

전투가 끝나고 비애에 젖은 진조월이었지만 묘하게 일어나는 부끄러움에 그의 몸은 경직되었다.

"상처가 많군요."

부드럽게 닦아 내는 핏자국.

왜 그런 것인지 알 수 없지만 진조월은 아무런 말도, 아무런 행동도 하지 못했다.

그저 벽소영의 손길에 등을 맡길 뿐이다.

벽소영은 천으로 상처를 깨끗하게 닦아 낸 후 바늘로 상처를 봉합했다. 애초에 이러기 위해서 온 것인지 준비한 물품들이 많았다.

"아파도 참아요."

당혹스러움에 통증조차 느껴지지 않았다. 그는 고개를 살짝 숙이고 숨을 몰아쉬었다.

"나는요."

그녀의 입이 천천히 열리며 꿈결처럼 아스라한 목소리가 흘러나왔다.

"당신을 감시하기 위해 온 사람이에요."

무슨 말인가.

진조월의 눈에 광채가 어렸다.

"북원의 무리를 몰아내고 태조께서 이 나라를 세우신 이후, 우리 가문도 일어섰죠. 하지만 관직에 나아가진 않았고, 조용히 절강에서 살았어요. 한데 초대 철혈성주님과 저희 조부님이 친분이 있어 왕래가 잦아 철혈성에 몇 번 다녀간 일이 있었지요."

전혀 몰랐던 일이었다.

하기야 성에 거주했을 때는 오로지 부족한 무공을 파기 위해 수련에만 몰두했으니 세상 돌아가는 이치에 대해 무지했다 해도 과언이 아닐 터다.

초대 철혈성주와 다른 세력들 간의 관계는 아예 모르고 있었다.

"당신은 날 본 적이 없겠지만 난 당신을 보았죠. 슬픈 눈을 한 채로 검을 휘둘렀던 소년. 어릴 때 한 번 본 것이 전부였지만 이상하게 잊히지 않더군요. 한데 몇 년이 지난 후 북방, 이곳으로 와서 종군을 한다고 들었어요. 그때 저희 아버지께서 저에게 말씀하셨죠. 북방의 전장에 가서 진조월이라는 사람을 감시해라. 그가 혹시라도 다른 마음을 품어 삿된 길로 빠지지 않도록 잘 주시하고 다독여 주어라. 나는 그게 무슨 말인지 아직도 이해가 가지 않지만 그냥 좋았어요. 당신을 다시 본다는 것, 그게 좋았던 거죠."

내용이 묘하다.

그렇지만 그러한 내용보다도 진조월은 그녀의 솔직한 어조에 더 집중이 되었다.

이상하리만치 끌리는 감정이었다.

"그냥…… 인연이라고 생각했어요. 한 번 보았을 뿐인 사람인데 잊히지 않는다……. 그렇죠. 인연이 아니고서야 이럴 수가 없지요. 난 그렇게 생각했답니다."

홀로 간직한 인연.

어렸을 때 한 번 보았을 뿐인 혼자의 인연이 연정(戀情)으로 변모해 커 나간 것이다.

그것은 누구에게나 쉽게 찾아오지 못하는 설렘. 진조월의 가슴도 이상할 정도로 두근거리기 시작했다

"당신은 제 상상대로 있지 않았어요. 다시 본 당신은 이전과는 감히 비교할 수 없는 슬픔을 담고 있었고, 아군을 위해 어쩔 수 없이 창칼을 휘두르는 귀신이 되었죠. 하지만 난 알아요. 당신의 가슴속에는, 여전히 그때 어린 시절의 그가 존재한다는걸."

벽소영이 상처 봉합을 마무리했다.

"자, 이제 됐어요."

중간에서부터 끊어진 내용이었지만 진조월은 더할 나위 없이 명확하게 그녀의 감정을 느꼈다.

부끄러움. 부끄러움을 그녀는 느끼고 있었다.

황량한 초원의 한 자락에서.

그렇게 둘의 인연이 시작되었다.


*　　　　*　　　　*

"왜 그리 끌렸는지 알 수 없었지만 지금 생각해 보면 사신지보(四神至寶)에 이유가 있었던 것 같소."

"사신지보?"

"그녀는 주작지보, 주작화창을 다루는 이로서 내정이 된 자였고, 나는 현무지보, 현무지서의 내용을 품에 안은 이였소. 비슷한 나이, 남방과 북방의 머나먼 극. 어떤 신묘한 작용이 있어 그러한지 알 수 없지만, 지금에 와서야 나는 깨달았소. 나와 그녀는 그러한 인연으로 얽혔던 사이였던 거요."

"도대체 사신지보가 무엇이기에?"

"서방의 백호제의, 동방의 청룡군모, 남방의 주작화창, 북방의 현무지서. 모든 것을 얻는 자 천하정점에 서리라. 그러한 전설이 있소. 누가 들어도 허무맹랑하기 짝이 없는 전설. 전설이라 불리기도 애매한 그런 이야기들. 하지만 그것은 사실이오. 과거 수많은 나라의 황제들이 사신지보를 손에 넣었고, 그것을 믿을 만한 주변인들에게 대대로 맡게 하여 신기(神氣)를 간직하게 하였으니."

"사실이란 말인가?"

"사실이오. 무공만으로도 술법만으로도 생각할 수

없는 천운의 흐름이 그 보물들 안에 내재되어 있었던 것이오. 존재 자체가 역천인 신물들. 당연히 당대 신물의 내자로 확정이 된 자들은 서로에게 이끌릴 수밖에 없었음을 난 알게 되었소. 지금에서야."

차분한 말투였다.

무도(武道) 또한 도.

그러한 무도를 이미 정점에 이르도록 새기고 있는 진조월이다. 장만위, 철혈성주와 거의 비슷한 위치로 올라섰다는 뜻. 그의 눈에도 마침내 자연의 근본이 보이기 시작하고 숙명이 무엇인지 잡아챈다.

"이제 보니, 철혈성주는 내 머리에서 현무지서에 관한 어떠한 봉인을 풀기 위해 그녀를 보낸 것 같았소. 동방과 서방, 남방과 북방은 서로 극이오. 작용하는 신기가 판이하게 다르지만 동시에 항상 서로를 부르짖고 있는 것이오. 그러나 그럼에도, 나는 현무지서의 내용을 떠올리지 못했소. 만약 그랬다면 진즉 철혈성주의 수족이 되어 이 자리에 오지도 못했을 테지만."

이토록 긴 이야기를 하는 진조월도 처음이었다. 그러나 묘하게도 차분한 그의 모습이 이러한 상황을 당연하도록 보이게 만들었다.

"여전히 현무지서의 내용은 내 머리에서 떠오르지 않소. 하지만 하나는 알겠소. 이미 나를 제외한 사신지보의 내재자들은 돌이킬 수 없는 강을 건너고야 말았소. 방도가 없다는 뜻이오. 그처럼 꼭두각시처럼 사느니 차라리, 내 손으로 목숨을 끊어 영혼이라도 편히 쉬도록 만드는 게 좋을 것 같소."

진심이었다.

진조월의 진심. 그는 진심으로 철혈성주는 물론 벽소영의 목숨까지 취하리라 다짐하고 있었다.

막상 앞에 가면 달라질 것이다?

자신의 위치를 명확하게 깨닫는 자의 발언만큼 무서운 건 없다. 고수들의 의지는 강철과 같은 법, 그의 말은 앞으로 일어날 진실을 그대로 담고 있었다.

"그것으로 괜찮겠는가?"

"이미 그리 다짐했소. 사신지보에 의한 인연으로 서로에게 끌렸다고 한들 그 또한 내게 있었던 인연이오. 소중하지 않을 까닭이 없소. 그러나 인연의 소중함을 아는 것과 끊는 이유는 다른 법이오."

백성곡은 가만히 고개를 끄덕였다.

"알겠네. 무슨 일인지 정확하게는 모를지라도, 적어

도 자네는 그녀의 앞에서 흔들리지 않을 것이라는 걸
난 알았네."

"……."

"배도 든든하게 채웠으니 이제 조금 더 쉬도록 하지.
곧 지원군이 도착할 걸세. 도착하면, 그때 철혈성으로
들어서기로 하지. 아마도 내일을 넘기지 않을 것이야."

단기중이 의아한 눈으로 고개를 갸웃거렸다.

"내일을 넘기지 않는다고요?"

백성곡이 가만히 웃었다.

진조월의 눈에 희미한 기광이 어렸다.

"저 멀리서…… 헤아릴 수 없는 숫자의 고수들이 오
고 있소. 무거운 불광(佛光)과 첨예한 검기(劍氣). 아
무래도 소림과 화산의 무인들인 듯싶은데. 그리고 저
쪽에서는…… 저기는 불광과 검기가 함께하는 것으로
보아 보타암의 고수들이 오는 것 같소."

"도대체 얼마나 되는 거리인데 그것을 안단 말이
야?"

"그저, 느낌일 뿐이오."

그런 것을 읽어 낸단 말인가.

백성곡조차 희미하게 알아낸 기감. 상단전이 극도로

발달하여 까마득한 멀리서 일어나는 일까지 잡아챘다.

자신의 분노와 마주하여 받아들이매, 신인의 면모를 보여 주는 진조월.

그 역시 점점 인간의 아닌 것으로 변화하고 있었다.

무서운 속도로 발전하는 무도.

발전을 넘어선 진화였다.

투명하게 빛나는 진조월의 눈은 이전의 차가움은 없어졌으되, 비인(非人)의 그것과 같아 사람이라면 도무지 똑바로 마주할 수가 없었다.

웃을 수 있게 되었으나, 또한 동시에 육신을 가진 인간의 그것을 탈피했다.

반선(半仙)을 넘어서는 경지.

마침내 신화경(神化境)이라는 지고한 경지로 한 발 내딛는 진조월이었다.

\*　　　　　\*　　　　　\*

"지금 가야 하오."

서서히 해가 지고 있을 시간이었다.

각자의 무공을 점검하고 전의를 불태우던 세 명의

왕에게 진조월이 한 말은 느닷없다 해도 과언이 아니었다.

"지금 가다니? 어딜?"

"철혈성 말이오."

"지금 공격을 감행하자는 말인가?!"

"그렇소. 지금이 아니면 안 되오."

"도대체 왜?!"

진조월의 눈이 저 멀리 철혈성이 있는 곳을 바라보았다.

거칠게 일어난 나무들 사이를 헤집는 눈동자.

송곳처럼 쏘아지는 안력은 천지자연 모든 것을 꿰뚫어 버리고 철혈성의 거대한 그림자를 보았다.

"놈들이 뭔가 수작을 부리려 하고 있소. 감당키 힘든 무언가를 풀어놓으려는 듯한데. 술법인지 무엇인지 알 수는 없지만, 괴물 같은 존재감이 점점 속박을 풀고 있소. 지금 가도 늦었소. 하나 최소한, 관계가 없는 다른 사람들에게 피해가 가는 것을 막을 수는 있을 것이오."

단기중과 임가연은 서로를 바라보며 고개를 갸웃거렸다.

도통 무슨 말을 하는지 알 수가 없다.

그러나 그들은 심각하게 고민했다. 지금껏 진조월이
보여 준 모습, 단순한 동료로서의 믿음을 떠나서 그 능
력이 가공하여 함부로 넘길 만한 말이 아니었던 것이
다.

백성곡의 눈 역시 진조월이 보는 방향을 보았다.

이미 백성곡의 그것마저 넘어선 것일까.

진조월이 보는 것을 백성곡은 제대로 파악하지 못했
다. 그러나 신기를 집중하고 상단을 최대한 확장시키
는 그의 머리에도, 마침내 불안감이라는 감정이 휘몰
아치고 있었다.

"가 보는 게 좋겠군."

"백 선배님?"

"오왕이 보는 것을 나 또한 자세히 살필 수는 없지
만, 어떠한 징조가 느껴지고 있어. 지원군이 올 때까지
기다린다면야 편하기야 하겠지만, 오왕의 말대로 상관
이 없는 사람들까지 휘말려 들 것 같은 기분이야."

마침표를 찍는 말이었다.

칠왕수좌의 결정. 토를 달 수 없다.

백성곡의 입가에 희미한 미소가 걸렸다.

"또한 우리에게는 저 많은 지원군들을 제하고, 또 다른 지원군이 오고 있는 모양이야. 우리 입장에서는 예상치 못한 지원군이라 해도 과언이 아니겠지."

"그게 무슨 말씀이신지요?"

진조월의 입가에 살짝 미소가 어렸다.

임가연의 투명함과는 질적으로 다른 투명함을 두 눈에 새긴 무신(武神) 진조월. 그의 입이 천천히 열렸다.

"장 호법님. 검제 장만위 대선배님께서 오십니다."

그의 말이 끝나기도 전이었다.

저 멀리서 휘몰아치는 예기의 폭풍이 있다.

드러내지 않으려는 자, 그럼에도 예민하기 짝이 없는 네 명의 절대고수들은 확연하게 느낄 수 있었다.

신에 이른 무력.

철혈성주의 존재감이 무시무시했다지만, 지금 다가오고 있는 이의 존재감은 철혈성주의 그것과 또 달랐다.

세상에 존재나 할까 의문이 가는 신검(神劍) 한 자루가 바람처럼 달려오고 있었으니.

눈을 한 번 깜빡이매, 이미 도달한 신인이 있었다.

평범한 노인의 모습. 체격도 얼굴도 평범하다. 그러

나 이미 그 자체만으로도 완성된 이 시대 최강의 검객이었다.

풍룡식이라는 희대의 검공을 직접 창안한 천하제일 검객.

검제 장만위가 그들 앞에 모습을 드러낸 것이다.

"장 호법님."

장만위의 눈이 진조월에게 향했다.

그의 눈이 일순 놀라움으로 물든다.

"놀랍다. 너의 기를 대략이나마 읽고는 있었지만 이 만큼이나 성장했을 줄이야. 진정 상상도 못했지 뭐냐. 도대체 어떤 일이 있었기에 짧은 시간, 이토록 드높은 진경에 도달했던 것인지 알 수가 없다. 대단해. 이제는 나와 견주어도 모자람이 없겠어."

자부심 넘치는 한마디였지만 상대에게 자부심을 주기에도 충분한 말이었다.

진조월은 가볍게 고개를 숙이는 것으로 그에게 인사를 건넸다.

하지만 그의 뒤에 선 세 명의 왕들은 마냥 편하게 인사하기 애매한 사이였다.

검제 장만위라면 강호의 대선배였지만, 실상 그의

소속은 철혈성이다.

만월지란 당시, 철혈성과 일전을 벌였던 협사회의 일원들인 그들에게 마냥 편하게 대해 줄 수 있는 인물이 아니었던 것이다.

그러나 백성곡은 무엇을 알고 있는지, 가볍게 앞으로 나서 고개를 숙인다.

"후배 백 모가 검제 선배님을 뵙습니다."

장만위의 얼굴에는, 뜻밖에도 웃음이 지어진다.

"과연. 과연, 투왕이다. 들은 것 이상이야. 나보다 한참이나 어린 나이에 그와 같은 경지라……. 장강의 뒷 물결이 앞 물결을 밀어낸다더니, 내 어디 가서 검제라 자랑도 못하겠어."

그답지 않게 겸손한 발언이었다.

"그런 말씀 하지 마십시오. 선배님은 이 시대를 살아가는 모든 무인들에게 있어 영원한 천하제일검일 따름입니다."

"그리 말해 주니 영광이군."

가벼운 인사가 오고 간다. 그 뒤에 선 임가연은 장만위에게 예를 취했고 단기중은 쭈뼛거리다가 이내 멀뚱하니 서 있었다.

백성곡의 눈썹이 살짝 역팔자를 그린다.

"패왕, 예를 취하게. 강호의 대선배님일세."

"알고 있습니다. 하지만, 백 선배님."

더 이상 말을 잇지 못하는 단기중이다.

뭐라 할 말은 많았지만 차마 말하지 못하는 것, 패천광군이라는 별호로 불리는 그의 모습과 전혀 어울리지 않았다.

장만위가 손을 저었다.

"되었네. 허례허식이야 질릴 정도로 받았으니 그걸로 되었어. 그저 함께 갈 인재들이면 족한 게지."

장만위가 진조월을 보며 놀랐다면 진조월 역시 장만위를 보며 조금은 놀랄 수밖에 없었다.

'달라지셨다?'

이전과 다르다.

요 며칠간 어떤 일을 겪었는지 모르겠으나 일전의 검 하나만 품었던 검제의 모습과는 분명한 차이가 있다.

세상사 일들에 초탈해졌다고 할까.

그럼에도 여기까지 온 것을 보면 분명 뭔가를 느끼긴 느꼈던 것일진대, 진조월로써도 제대로 파악하기 힘든 변화였다.

그리고 시간이 지난 후.

진조월은 또 다른 반가운 사람들을 만날 수 있었다.

장만위와 마찬가지로 며칠간 대단한 변화를 맞이한 두 사람이었다.

장만위가 성격적으로 이전과 달라졌다면 이 두 사람은 성격은 그대로이되 지난바 무력이 달라졌다.

단 며칠 사이에 이토록 뛰어난 성취를 보일 수 있다니, 새삼 그들의 재능과 장만위의 가르침이 얼마나 대단한 것인지 깨닫게 된다.

"진 형!"

신법을 펼치는 속도 그대로 달려와 진조월을 왈칵 안아 버리는 신의건이었다.

이런 인사는 받아 본 적이 없다.

진조월은 당황했지만 용케도 손을 들어 그의 등을 토닥여 주고 있었다. 인간의 경지를 탈피하면서도 점점 인간을 배우는 그다.

"왔소?"

"오다마다! 몸은 건강한 것이오?!"

"나보다는 신 형 몸을 걱정해야 할 것 같소."

검제의 가르침이 얼마나 혹독했는지 옷이 거의 누더기처럼 변했다 해도 과언이 아니었다.

거지 몰골도 이보다는 나으리라. 신의건은 머쓱한 듯 머리를 긁적였고, 문아령은 가만히 고개를 숙였다.

반가움은 잠시였다. 진조월의 전음 한 줄기가 장만위의 귀로 스며들었다.

─이들은 어찌하여 데리고 온 것입니까?

얼마나 위험한 격전의 장인 줄 알기에 걱정부터가 앞섰다.

신의건의 성격이라면 필시 무조건 따라붙으려 할 터, 이곳은 절대고수라 불릴 만한 이들조차 목숨을 걸어야 하는 살기 짙은 전장.

장만위는 가볍게 손가락으로 하늘을 가리켰다.

그 한 번의 손짓. 그것으로 모든 것을 파악해 버린 진조월이었다.

그는 잠시 멈칫했지만 고개를 끄덕였다.

장만위가 보았다면, 그가 깨달았다면 분명 그러하리라.

이들의 천명은 물론이거니와 장만위의 숙명, 천명도 이곳에 있다.

그래서 모두가 온 것이다.

말로 설명할 수 없는 것, 하지만 마땅히 온몸으로 느끼는 것. 그것을 풀기 위해서, 모든 것을 불사르기 위해서 온 이들이다.

마지막에 이르러, 도무지 함께할 수 없으리라 생각했던 이들이 모였다.

상상했던 일원들이 아님에도 불구하고 이곳에 모인 무인들은 묘하게 마음이 평온해지는 것을 느꼈다.

철혈성으로의 진격 직전.

그들의 마음은 이 산의 고요함처럼 정적만이 그득했다.

"자, 가 볼까? 괴물을 때려잡으러."

철혈성이라는 거대한 괴물을 잡기 위해서.

일곱 명의 무인들이 마침내 장대한 일보(一步)를 내딛었다.

5.
경천동지(驚天動地)

급박하게 돌아가고 있는 것은 비단 진조월 측만이
아니었다.

철혈성주, 거대한 재력과 인맥으로 대단한 신단(神
丹)들을 만들었으니 그것들은 가히 소림의 대환단에
필적할 만한 영약들이다.

그 신단들 두 개를 복용하고 기를 활성화시키니 짧
은 시간이지만 소모되었던 힘이 급속도로 복구되기 시
작한다.

신단 두 알이라면, 어지간한 고수들이라도 몸이 터
져 버릴 정도로 엄청난 약력이었다.

그러한 약력을 진기의 회복을 위해서만 적당히 쓰였다는 건 철혈성주가 품에 안은 공력이 무시무시할 정도로 깊다는 것을 뜻한다.

하지만 그럼에도 그의 표정은 밝지가 않았다.

회복이 많이 되었다고는 하나 이전에 비하자면 일할 정도가 모자라다.

차차 채워진다고 할 수 있겠지만, 이상하게 요동치는 불안감이 그를 서두르게 만들었다.

"가서 철공단(鐵功丹) 하나를 더 가져오너라."

"예."

가만히 가부좌를 틀고 앉은 철혈성주.

가부좌를 튼 것이 얼마만일까.

이미 술법과 무공이 극에 이르러 천인(天人)의 경지에 이른 그였다. 자세나 무학에 구애받지 않음에도 가부좌를 튼 것은 그만큼 빠르게 기를 수복시키기 위함이었다.

그렇게 눈을 뜬 채로 기를 수복해 나가는 철혈성주.

일순간 그의 눈에서 무시무시한 광망이 일렁였다.

섬뜩한 괴물의 안광. 철판조차도 그냥 뚫어 버릴 만큼 강렬한 눈빛이었다.

"오는가! 벌써!"

소수였다.

여섯, 일곱 정도나 될까.

그러한 인원들이 철혈성을 향해 무시무시한 질주를 감행하고 있었다.

느껴지는 무력들. 가장 약한 이들만 해도 철혈성의 무력부대, 대장의 이르는 절정의 역량이다.

거기에 한층 성장한 면모를 보여 주는 왕들의 힘과, 칠왕 중 유일하게 맞상대가 가능하다 생각했던 투왕의 강건한 힘, 그리고 자신의 경지에 손색이 없는 천인 두 명이 함께 다가오고 있었다.

둘 모두에게서 느껴지는 공통적인 힘.

극도로 예민해진 철혈성주가 상단전을 전부 개방하니, 마침내 그는 신음을 흘리며 두 사람의 정체를 내뱉을 수 있었다.

"장만위, 진조월."

신검현기, 제왕의 힘을 품은 두 사람.

한 명은 사십여 년 전부터 천하제일검으로 불렸으며, 당대에서도 검에 한해서는 비할 만한 사람이 없다는 최강의 검객이었고, 다른 한 명은 하늘이 정해 준 숙적이라 생각하게 된, 참으로 고약한 과거의 인연이었다.

'벌써 이렇게까지 컸단 말이냐! 그 짧은 시간에!'

이제는 진정 확신할 수 있었다.

놈은 자신의 천적이다.

검제 장만위의 힘도 위협적이지만 진조월에게서 느껴지는 위화감에 비할 바는 아니었다.

이전에는 무엇인가 모자랐다고 느꼈든 그의 힘이, 자신과 거의 동조를 할 정도로 높아졌다.

이틀이나 지났을까.

도무지 이해할 수 없는 급진적인 성장이었다.

"공만호를 부르라."

굳이 말을 할 필요도 없었다.

이미 심적으로 연결이 된 그들이다. 원하는 순간 공만호는 빠른 시간에 성주의 면전 앞으로 도달했다.

"부르셨습니까."

"비선각의 일은 어찌 되었는가."

"거의 마무리에 도달하였습니다. 무당파로는 흑야괴(黑夜怪) 다섯과 원로원의 도광(刀狂)을 보냈고, 토의 영령의 대법도 이틀이면 막바지에 이를 것으로 보고 있습니다. 혹여 불상사가 일어날 것을 대비하여 백마

(百魔)들의 봉인을 풀었습니다."

그나마 안심이 되는 소리였다.

흑야괴 다섯에 도괴이라면 무당파에서 삼청보검을 무난하게 탈취할 수 있을 것이고, 백마의 봉인이 풀렸다면 원로원의 노괴들, 무력부대를 제하고서라도 대단한 전력이 드러난 것이다.

실상 괴물이라고밖에 표현할 길이 없는 백마들은 그 자체만으로도 역천의 산물이요, 악마들이나 다를 바가 없었다.

문제는 토의 영령. 진법이 발동되는 순간 자신을 자연의 이치로 흘러가게 만들 존재에 대한 것인데.

사실 마의 진법이 발동이 될 삼 일 후를 생각하자면 이틀 뒤에 완성이 되었든 지금 당장 완성이 되었든 상관이 없었다.

그때까지 저들의 공세를 막아 낸다면 자신의 승리가 될 것이고, 그때까지 저들의 공세를 막지 못한다면 자신의 패배가 될 것이다.

기가 찰 일이다.

패배는 감히 생각조차 하지 않았거늘, 이렇게까지 불안감을 느끼다니.

"양의는 천라를 발동시켰는가?"

"예. 한데……."

공만호의 얼굴에 약간의 당혹이 깃들었다.

붉은색 동공을 가진 기묘한 술사, 그런 그의 모습은 참으로 오랜만에 보는 것 같다고 철혈성주는 생각했다.

"무슨 일이 있는 것이냐?"

"천라를 발동시켰음에도 양문 측에서 어떠한 답변도 없다 합니다. 혹 생사의 경계에 있는 것인지 추측을 했지만, 거리가 거리인지라 상단의 예측만으로는 힘이 들고, 양의가 지금 영신(靈身)을 보내 파악 중에 있습니다."

철혈성주의 얼굴이 한껏 굳어졌다.

"뭐라!"

말이 더 나오질 않는다.

양문, 과거 칠왕 협사회에 세작으로 들어선 그는 이번 대계에 있어서 빠져서는 안 될 핵심 중에 핵심이다.

그가 없다면 삼 일 뒤의 진법을 발동시키는 것이 무슨 소용인가.

또다시 칠 년을 기다려야 하며, 십만 팔천의 생령을 넘어서 백팔만의 생령을 하늘로 올려 보내야 할 것이다.

누가 생각해도 한순간 백팔만의 생령을 해하는 것은 무리다.

하고자 하면 불가능하진 않겠지만 그때는 또 어떤 숙적이 나타나 자신을 막을지 알 수가 없고, 게다가 양문과 같은 초절한 경지의 술법사 한 명을 칠 년이라는 짧은 기간 동안 또 양성해야 하는데 그것은 그야말로 불가능에 가까울 정도로 어려운 일이다.

일곱 술사들이 전부 있어 자신에게 힘을 부여해 하늘과의 소통을 끊어 버리고 법도 그 자체로 화하는 것.

그것이 가장 이상적인 계획이다.

그것이 불가능해진 지금, 더할 나위 없이 확실한 계획으로써 사신지보가 아닌 중앙의 등사, 구진의 신기를 받은 토의 영령의 힘을 이용, 천하로 화하려는 것이 가능하다.

실상 단순한 가능성만 보자면 이쪽이 더 확실했다.

문제는 이 두 가지의 일을 모두 행하려면 반드시 양문이 있어야 한다는 것이다.

그가 가진 술력은 비록 철혈성주에 미치지 못했지만, 단순한 지식과 능력만으로는 철혈성주를 능가한다고 해도 과언이 아니다.

그만큼 대단한 술사, 중심을 잡아 줄 사람으로서 반드시 계획에 동참을 해야만 한다.

양문이 없다면 이 계획 자체도 무산되는 것이나 다름이 없다.

"어서 빨리 찾으라 하게. 어서! 그럴 리는 없겠으나 만약 죽었다면 시체라도 이리 가져오라 일러!"

칠 일이 지나지 않은 시체는 술사의 힘이 모두 빠져나가지 않아 약간의 힘이라도 얻는 데에 도움이 된다.

철혈성주는 사용할 수 있는 모든 패를 전부 쓰고, 이용할 수 있는 최악의 것까지 모두 이용할 생각이었다.

공만호가 고개를 숙이며 돌아가려 할 때였다.

콰콰쾅!

폭음이 터진다.

성 전체가 진동에 휩싸일 정도로 거센 폭음이었다.

폭음만큼이나 강렬한 충격이 대지를 흔들었다. 그야말로 무시무시한 굉음이었다.

"이것은 또 무슨 일인가?!"

철혈성주가 가볍게 눈을 감았다.

기감에 집중하는 그. 이상할 정도로 마음이 불안하

여 신지가 흔들리지만 한순간에 집중하는 모습이 역시나 신인의 면모가 가득하다.

그의 몸에서 스산한 기세가 흘러나왔다.

"벌써 당도하였는가!"

빠르다, 빠르다 생각했는데 이 정도로 빠르게 올 줄이야.

성벽 외곽 자체를 허물어트리는 신적인 무용.

단순한 성벽이 아니라 술력으로 발동시킨 진법까지 깔렸음에도 진법이 무차별로 터져 나가 사방으로 기가 흩어진다.

기가 찰 일, 단순한 힘의 강함으로는 이렇게까지 여파가 클 수 없을 터.

첨예하게 치솟는 검기.

왕성하게 일어나는 흉맹한 살의.

두 사람의 합작이다.

각자의 힘을 이용하여 사정없이 성벽에 일검 씩을 떨쳐 내는 두 사람의 모습이 환상처럼 철혈성주의 눈으로 흘러왔다.

마침내 일곱 협사들이 철혈성에 당도한 것이다.

　장만위의 눈이 신광을 발하고, 그의 손이 검결지를 맺어 허공을 찍으니 순간 환상처럼 일어나는 거대한 검의 형상이 있었다.

　실재하지 않는 검, 그러나 이곳에 있는 전부가 볼 수 있었던 거검의 실체다.

　일전 진조월이 군림마황진기를 일으켰을 때 나타났던 마황현신과 비슷한 모습이랄까.

　그러나 그보다 훨씬 웅장하고 훨씬 치명적이며 그 자체로 무자비한 공격이었다.

　그러한 거검이 성벽을 그대로 때려 부쉈다.

　콰르릉!

　경악스러운 일격이었다.

　사람이 무도에 몸을 실어 육신이 강건해지고 불가능해 보였던 일들을 가능케 만든다고는 하지만, 사람이 이럴 수는 없는 것이다.

　인간의 육신을 가진 채 보여 줄 수가 없는 신기였다.

　거검의 실체화.

　마치 한 마리의 용이 꿈틀거리듯, 한 번 성벽을 후려

친 거대한 검은 거기에 물러서지 않고 제 스스로 생명을 가진 양 여기저기 움직이며 성벽 자체를 갈아 버리고 있었다.

어디서 이와 같은 광경을 볼 수 있겠는가.

장만위의 힘은 그 자체로 현세에 있어서는 안 될 역천의 산물처럼 보일 정도로 무시무시했다.

진조월의 눈이 살짝 침잠한다.

'심검(心劍).'

마음으로 검을 생성해 내는 경지.

단순히 없는 물체를 만들어 내는 것이 아니다.

철혈성주가 일구어 낸 반천금황도, 그 신기와는 또 다른 힘을 지닌 극점의 공부였다.

무중생유, 상상력을 그대로 이어받아 대자연의 기와 공명하여 만들어 낸 일세의 거검은 단단하고 드높은 철혈성의 성벽조차도 가루로 만들만큼 무자비했다.

마제파공검, 칠초식.

왠지 모르게 도입시키고 싶은 진결이다. 장만위가 보인 심검의 실체를 보며 그의 머릿속에서 미친 듯이 깨달음이 돌아가고 있었다.

백성곡은 혀를 내둘렀다.

"이래서야 저 안에서 길을 열어 줄 필요도 없겠군."

"예? 그게 무슨 말씀이십니까?"

"담사운. 철혈성의 이공자. 우리가 진격을 하여 철혈성에 도달했을 때 문을 열고 우리를 맞이할 만반의 준비를 하고 있었다. 하나 이제는 그럴 필요도 없지 않은가?"

익숙한 이름이다. 진조월의 눈이 백성곡에게로 향했다.

백성곡이 어깨를 으쓱한다.

"놀랄 것 없네. 이미 대공자인 모용광과 이공자인 담사운의 경우 오왕 자네가 우리와 함께한다는 것을 알았을 때부터 서호 신가 측으로 연락을 해 왔네. 그들 역시 성주가 고약한 일을 꾸민다는 것을 예전에 알았다고 했어. 그래서 내부와 외부에서 동시에 공격을 감행, 철혈성의 주력부대부터 대부분 무력화시키고 함께 철혈성을 무너뜨리고자 했었지."

그런 밀약이 있었을 줄이야.

쉽지 않은 판단이었을 것이다.

아무리 그래도 자신의 스승이었고 철혈성은 자신의 청춘을 보낸 집이지 않나.

그렇다면 담사운 역시, 철혈성주가 자신들을 이용하기 위해 키웠다는 걸 알았다는 뜻이 된다.

진조월은 둘째 사형을 떠올렸다.

누구보다도 냉정한 듯 보이지만 실상 정이 많고 따뜻한 사람이다.

마냥 사람이 좋은 대사형과 달리 사리 판단도 분명하고 필요하다면 다소 과격한 일도 행할 사람이지만, 가슴 안에는 활화산 같은 열정과 따스한 정을 지닌 사람이었다.

스승이라는 작자의 아래에서 커 온 사형제들.

오히려 스승보다도 깊게 엮여 이렇게 만나게 되다니, 역시나 인연은 함부로 이어지지도, 함부로 끊어지지도 않는 모양이다. 진조월의 눈이 아련해졌다.

"그렇다면, 지금 우리가 가는 것도 알고 있는 거요?"

그러고 보니 출발하면서 천리신응 한 마리를 보낸 것이 생각났다.

철혈성 쪽으로 날아가던 천리신응, 그것은 다른 누구도 아닌 담사운에게 간 모양이다.

"급하게 되었군."

진조월은 천천히 칠야검을 풀어 장만위에게 건네었다.

제왕의 신병. 검제의 고개가 좌우로 돌아간다.

"나는 이미 그 검을 너에게 건넸다. 대신, 네가 가진 그 불그스름한 검이나 빌려다오."

적룡검을 말함이다.

그가 두터운 검날이 매력적인 적룡검을 장만위에게 건넸다. 장만위의 입가에 나직한 미소가 어렸다.

"좋군. 혈인적룡마검인가. 마기를 모조리 걷어 내 이전의 예기를 간직하진 못했다지만 단단하고 육중한 것이 제법 휘두를 맛이 나겠다. 네 녀석이 가지고 온 이유를 알겠어."

평범한 체격의 그가 일반 장검보다 길고 두터운 적룡검을 든 것은 어딘지 모르게 어울리지가 않았다.

그러나 또한, 그 자체만으로도 완성된 무인의 표상이다.

붉은색 검날이 검제의 신공, 신검현기를 받자 일렁이는 불꽃처럼 타오르기 시작했다.

"자, 가 볼까?"

이번의 전진은 진조월이었다.

정확하게 인지하지는 못했지만 묘하게 깨닫는 것이 있다.

저 철혈성은, 외벽부터가 단순한 돌덩이들의 합이 아니었다.

술법, 진법이 걸려 있다. 그리고 자신의 기와 장만 위의 기는 그러한 술법을 파괴하는 데에 무척이나 능한 공능을 가지고 있었다.

깨달음으로 얻어 낸 진실이었다.

이미 누가 가르쳐 주지 않아도, 육신에 거한 힘과 저 멀리 존재하는 힘의 흐름을 잡아낸다.

스르릉.

참으로 오랜만에 꺼내 든 두 자루의 검이다.

오른손에는 제휘신무, 칠야신검이 잡히고, 왼손에는 괴력난신지검, 마력의 파검이 들린다.

두 자루의 검은 길이와 무게가 확연하게 다르다.

그럼에도 진조월은 느꼈다. 쌍검을 사용함에 있어 어색함을 느끼지 않는다.

이미 그가 이룩한 무공의 경지는 한낱 병장기의 무게나 길이, 종류에 구애를 받지 않는다.

파검을 앞으로 내밀고 칠야검은 뒤쪽으로 뻗는다.

질주하는 진조월. 장만위의 믿을 수 없는 무력을 눈으로 보아서인지 호쾌함이 가득한 일보를 내딛었다.

콰앙!

무시무시한 진각과 함께 성문으로 휘둘러지는 일검이 있었다.

쩌어어엉! 콰릉!

마제신기가 깃든 칠야검에서 휘몰아치는 마제파공검이 있었다.

일초의 발검술을 건너뛴 이초, 묵인살(默刃殺)이었다.

휘둘러도 소리가 없고 공기의 파동조차 없었다. 그러나 이미 공간은 파괴가 되었고 그 앞에 물체는 산산이 터져 나갔다.

휘몰아치는 검력의 여파가 거대한 성문을 부순 것은 물론 그 뒤에서 뛰어다니는 성의 무인들까지 휩쓸어 버리니, 전방 십여 장이 초토화가 되는 건 순간이었다.

믿을 수 없는 힘.

장만위가 가볍게 찬탄을 터트렸다.

"대단한 검이다. 그것이 네가 만든 검이냐?"

"아직은 어설픕니다."

"어설프다니, 말도 안 되는 소리. 이만한 패력을 구사하는 검법이 어디에 있으랴. 너다운 무공을 만들었다. 단순 위력만 보자면 풍룡식도 정면에서 맞붙기 어렵겠어."

검제의 극찬이었다.

진조월의 참오가 빛을 발하는 순간이었다.

그렇게 두 사람의 검격으로 정문 좌우의 외벽이 무너졌고 성문까지 박살이 났다.

일전(一戰)의 시작이었다.

임가연의 몸이 투명해진다 싶더니 어느 순간 공중으로 물들었다.

눈으로 보고도 믿을 수 없는 공간전이의 능력이었다.

무공을 펼치는 것이 맞음에도 술법처럼 보일 정도로, 그녀의 은신술은 극에 달해 있었다.

태청단의 약력을 상처를 치료하는 데에 썼다지만 그 무한한 약력에 힘입어 공력의 성취가 있었던지 이전보다 한층 더 파악하기 어려운 은신술이었다.

허공으로 사라진 임가연.

그 외에 정면으로 질주하는 여섯의 무인들이 있었다.

거대하고도 거대한 성.

얼마나 커다란 영역을 자랑하는지는 이곳에 있는 모두가 잘 안다.

특히나 진조월과 장만위의 경우 지도가 필요 없을 정도로 모든 곳을 꿰차고 있었다.

백성곡의 몸에서 투신기가 거창하게 피어올랐다.

칠 년 전 보름간 진행이 되었던 만월지란.

보름 동안 이곳, 철혈성 내에 거주하며 주력의 삼 할을 박살 낸 전적이 있다.

당시 음양왕이 있어 공간의 틈을 만들었다지만 보름 동안 성내에서 뛰어다니며, 사방을 박살 낼 정도로 철혈성은 넓었다.

'이렇게 다시 오게 되다니.'

그의 시선이 단기중의 시선과 닿았다.

눈빛만 보아도 알 수 있다. 두 사람의 신형이 진조월과 장만위를 뛰어넘어 전방으로 쏟아지는 적들을 향해 나아갔다.

콰르릉!

뇌운벽력수의 막강한 힘과 회륜마식의 무차별한 주먹질이 대지를 휩쓸었다.

공기가 찢어져 터지고, 그 힘의 역장 안으로 들어선

모든 적의 육신이 무차별로 무너져 내렸다.

비명조차 없는 확실한 죽음, 비록 두 절세검객의 활약에 빛을 바랬지만, 이 두 사람 역시 천하에서 손가락 안에 꼽히는 무공을 가진 절대적 역량의 고수였다.

진각을 발하고 여유롭게 사방으로 주먹을 내지르는데 믿을 수 없을 만큼 강력한 힘이 사위를 휩쓸고 있었다.

이것이야말로 절대고수의 힘이다.

단 한 명이서 문파 하나를 박살 낼 수 있는 힘. 그리고도 상처 하나 나지 않은 채, 순식간에 체력을 회복하고 다시 전쟁에 참여할 수 있는 무한한 능력.

그런 고수들이 다섯이었다.

그리고 그런 고수들을 보며, 혈기와 협기에 불타 지닌바 이상의 능력을 마음껏 발산하는 두 명의 절정고수도 함께였다. 아무리 철혈성이 대단한 힘을 가진 단체라 하나 외성이 버틸 수가 없는 것이다.

아무런 말도 하지 않았으나 백성곡과 단기중은 무력을 펼치는 것으로 말하고 있었다.

이곳은 우리가 맡는다.

격전의 장에서 더욱 확실하게 깨닫는 스스로들의 위

치였다.

장만위와 진조월, 신의건과 문아령의 신형이 무서운 속도로 쏘아지며 내성으로 진입을 시도했다.

외성 돌파 이후 내성으로 진입까지.

엄청난 속도였다. 전방에 가로막는 모든 걸 부수면서 전진하는데, 이처럼 넓은 철혈성임에도 도달하는 데에 걸린 시간이 이각조차 걸리지 않았다.

그러나 진짜는 내성에 있다.

외성은 말 그대로 외부의 방벽. 그 역시 대단한 고수들이 많다고 하지만 내성이야말로 철혈성의 주축을 이루는 고수들이 대거 포진한 곳이었다.

신의건이 문득 웃음을 지었다.

"하하하."

문아령이 의아한 눈으로 그를 바라보았다. 시종일관 조용했던 신의건이 웃음을 터트리자 이상했던 것이다.

"왜 그러시죠, 사형?"

"우스워서 그런다."

"뭐가요?"

"드넓은 천하에서 단일 세력으로 최고라 칭해지던 철혈성이 아니냐. 그러한 철혈성이 이리도 허망하게 뚫리는 것이 이상하게 우습구나."

"마냥 웃을 일이 아니에요. 우리도 자칫 잘못하면 이곳에서 뼈를 묻을 수도 있어요."

차분한 기색의 문아령이었지만 지금은 다소 긴장한 모습이었다. 당연하다면 당연한 일, 이곳은 다른 어디도 아닌 철혈성이기 때문이다.

그러나 그럼에도 여전히 신의건은 유쾌한 기색이었다.

까마득한 연배의 고수들, 엄청난 신위를 자랑하며 그것을 구경하기 바빴던 이전과 달리 전장의 공기를 마신 그는 이전의 그로 돌아와 있었던 것이다.

"사내로 태어나 무인으로 성장하여 일생 가장 큰 전투에 몸을 던진다. 이처럼 호쾌한 일이 또 어디에 있단 말이냐. 비록 내 친우와 천하를 위한다는 명목으로 이곳에 서서 검을 뽑겠지만, 가슴 한편 가득 찬 호기가 도통 가라앉을 생각을 않는다. 언젠가 누군가의 검에 죽을 무인이라면, 그 상대가 철혈성임에 기쁘게 전진함이 도리가 아니겠느냐?"

대협이라고만 생각했던 신의건의 성정.

대협의 성정 안에, 감출 수 없는 무인의 호승심과 호기가 가득했다.

불의(不義)에 분노하고 파렴치함에 치를 떠는 정기 충만한 남자였지만, 이런 거대한 전장에서 오히려 강렬한 매력을 느끼는 모양이다.

진조월은 피식 웃었다.

제대로 된 대화도 나누지 못했던 사이, 술 한 잔도 나누지 못했던 사이지만, 지금까지 살면서 진정한 친구라고 생각한 단 한 명의 사람이었다.

이런 사람과 함께하는 것, 신의건의 호기 가득한 어조 때문인지 진조월의 가슴에도 뭔가 모를 울컥함이 서서히 일어나고 있었다.

옆에 있기만 해도 힘이 되어 주는 사람이었다.

이런 사람이 천하 어디에 또 있을까.

이 세상에 난 자신의 역할을 깨달아 전진하는 와중에도 진조월은 신의건과 엮어진 자신의 운명을 명확하게 깨달았다.

평생을 함께할 친우다.

"조심하시오, 신 형."

"하하. 위험할 때 진 형이 도와주면 될 것 아니오?"

이처럼 급박한 상황, 달리면서도 농을 건넨다.

대단하다면 대단한 일이다.

문아령도 어쩔 수 없다는 듯이 피식 웃고야 말았다. 그러나 갑자기 얼굴을 굳히는 그녀였다.

　신법을 전개하며 진조월의 옆으로 다가선 그녀가 조심스레 입을 열었다.

　"이전의 증상은 보이지 않나요?"

　광야종과 군림마황진기가 섞이며 가슴 안에 괴물을 키워 놓았던 진조월이다. 그리고 그런 진조월의 상태를 유일하게 목격했던 사람이 문아령이었다.

　진조월은 그녀를 보며 가볍게 웃어 주었다.

　그것이 대답이었고 그것이 현재의 그였다. 문아령은 문득 진조월의 미소가 눈이 부시다고 생각했다.

　차가웠던 첫인상이 믿기지 않을 정도로 멋진 미소였다.

　아직은 어색하고 아직은 단단했지만 알을 깨고 사람으로서의 삶을 살아가려는 남자의 미소였기에 더욱 아름다울 수 있는 것이다.

　"걱정해 줘서, 고맙소."

　"별말씀을. 나중에 같이 술이나 한잔해요."

　"불문에 적을 둔 사람이 그리 술을 좋아해서 어찌하오?"

"그에 대한 답변은 서호 신가의 후원에서 한 걸로 아는데요?"

신의건의 호방함이 전염이라도 된 것일까.

죽음의 지대라 해도 과언이 아닌 내성으로 질주하면서도 농담과 웃음이 사라지질 않는다.

"일이 끝나면 셋이서 함께 한잔합시다."

"좋아요."

젊은 용봉들이었다.

세 명의 친우들, 비록 진조월의 무력이 이미 초월자의 그것으로 변모했다지만 그것은 말 그대로 능력의 문제일 뿐. 많이 만난 적도, 많이 대화를 한 적도 없는 셋의 모습은 누가 보아도 찬탄을 터트릴 정도로 훈훈한 친우들의 모습이었다.

장만위 역시 입가에 미소를 만들었다.

살기의 한을 키워 인형처럼 딱딱했었던 진조월이 이처럼 변모한 것, 참으로 좋은 일이다.

스승이라 직접 부른 적은 없고 제자라 직접 칭한 바 없었지만, 그는 자신이 처음으로 키워 낸 제자가 이런 미소를 지을 수 있다는 것에 대해 크나큰 기쁨을 느꼈다.

하지만 여기까지다.

내성으로 보이는 저곳에서.

순간 훅 하고 밀려드는 거센 힘의 여파가 있었다.

외성이 무너지고 정보가 저쪽으로 흘러들어간 것, 이미 만반의 태세를 갖추고 있다 해도 과언이 아닐 것이다.

"이제부터 진짜 전쟁이다, 월아."

"예."

"너와 나의 전장은 다르다. 알고 있겠지?"

장만위의 위엄 어린 눈빛과 진조월의 기광 어린 눈빛이 마주했다.

마주보는 두 사제지간의 눈빛.

진정한 사제지간, 동시에 궁극에 이른 검객들의 눈빛은 그 자체만으로도 대화였다.

"건투를 빕니다."

"몸조심하길 빈다."

그대로 팍, 사라지는 장만위의 신형.

어디로 갔는가.

다른 어디가 아니었다.

전진.

내성의 성문을 향해 전진하는 장만위였다.

그의 손에 쥐어진 검집 없는 적룡검이 일순간 유려한 움직임을 발했다.

진조월의 그것과 비슷하면서도 어딘지 모르게 더욱 자유로운, 마치 용이 뛰노는 듯한 그러한 검결이었다. 무공의 이름과 검의 이름, 용의 이름으로 합이 된 무시무시한 검력이 전 방위를 휩쓸었다.

퍼어어억!

성문부터 성벽까지.

검의 영역 안에 있는 모든 것이 가루가 되어 흩어졌다.

부서지고 터진 것을 넘어서서 가루가 되었다. 극도로 미세하게 쪼개진 돌멩이와 철문들. 두 눈으로 보고 믿을 수 없는 기사였다.

이전 심검을 사용했을 때와는 또 다른 위력.

도대체 얼마만큼의 절기와 힘을 육신에 담고 있는지 알 수가 없는 검제의 위용이었다.

"장만위!"

"장 호법님이시다!"

강력한 군기와 훈련으로 주력부대라 불리기 손색이

없는 이들이 대거 포진해 있었다.

특히나 저 멀리서 오백의 군마들이 열을 지어 선 채로 창을 세운 모습, 철혈성 최강의 기동부대라는 묵룡창기병대가 분명했다.

그야말로 장관이다. 이러한 광경을 어디에서 또 볼 수 있을 것인가. 나라 대 나라의 전쟁이라 할지라도, 이처럼 특색 있는 부대들이 한 가득 모인 광경을 어찌 또 볼 수 있겠는가.

그런 그들이 외쳤다.

장 호법이라고.

장만위는 천 명을 깨달아 나아가는 신인에서 순간 인간으로 덜컥 떨어져 내리는 묘한 경험을 했다.

하지만 그뿐, 그의 눈은 여전히 불타오르고 있었고, 과거에 몸담았던 곳이라 한들 무도한 철혈성주의 명을 받는 그들을 굳이 용서할 필요를 느끼지 못했다.

알든, 모르든.

그의 검이 풍룡식의 움직임에 따라 또 다른 궤적을 그려 냈다.

한없이 자유로우면서도 어쩐지 엄격함이 살아 숨 쉬는 검도(劍道)였다.

나아가는 힘, 검첨에서 시작한 미세한 불꽃이 사위를 휩쓰는 파도가 되었다.

빛의 파도, 검광의 폭풍이었다. 뭐라 형언할 길이 없는 광채 사이로 내성의 가장 전방을 맡은 부대의 부대원들이 무차별로 죽어 나갔다.

퍼어억! 퍼어어억!

"크아아!"

"이, 이게 무슨 일이냐?!"

믿을 수 없는 일.

검제의 힘이 강하다는 것은 둘째 치고, 어찌하여 아군이 같은 아군을 공격하는 것인지 알 수가 없음에, 아무리 정예부대라고 한들 혼동을 느낄 수밖에 없었다.

그리고 그 실낱같은 틈을 탄 장만위의 적룡검은 또 다른 움직임을 그려 내고 있었다.

콰아앙!

대지에 박히는 적룡의 이빨.

역수로 쥐고 내리꽂는다. 동시에 그를 중심으로 반경 십여 장의 대지 위로 엄청난 기세의 검기가 솟구치기 시작했다.

파아아아악!

영역 전체가 피와 비명으로 난무한다.

엄청난 광경이었다.

동심원을 타고 흐르는 것 마냥 퍼지는 검기의 힘이 드러난 모든 이들을 죽음으로 인도하고 있었다.

솟아나는 검기 하나, 하나가 세상에서 둘도 없는 신병이기라 해도 과언이 아니다.

그러한 검기 수천 개가 거의 두 개 부대의 병력 절반씩을 날려 버리고 있었다.

인간의 무공이 아니다.

신에 이른 무력. 검제 장만위의 진정한 힘이 드러난 광경이었다.

아무리 훈련을 잘 받은 부대들이라 해도 이 정도가 되면 어쩔 수 없이 우왕좌왕하기 마련이다.

그들은 사람을 상대하도록 훈련이 되었지, 어찌할 수 없는 자연재해(自然災害)와 겨룰 수 있도록 훈련을 받지는 않았다.

검제의 무공은 이미 인간의 영역을 벗어난 것, 인력으로 어떻게 할 수 없는 재해와 다를 바가 없었다.

그렇게 엄청난 광경을 만들어 낸 장만위의 신형이

순식간에 허공 높은 곳으로 사라졌다.

앞을 가로막는 모든 걸 박살 내며 나아가는 그의 발걸음은 다름 아닌 성주실 뒤편, 허락 받은 자만이 들어설 수 있다는 절대의 비지 비선각이었다.

폭풍처럼 휘몰아쳐 안개처럼 사라진 장만위였다. 누구도 잡을 수 없는 신법이었고 속도였다.

그런 그가 만들어 낸 참상, 지옥이 눈앞에 펼쳐져 있었다.

수를 헤아리기 어려운 무인들이 부서진 육신을 부여잡고 피를 쏟았으며 대지는 무차별한 검기의 난동으로 완전히 박살 났다.

그리고 그 앞으로 진조월이 뛰쳐나왔다.

그들의 재앙은 아직 끝나지 않았다.

"뒤에서 날 받쳐 주시오."

말은 받쳐 달라는 것이지만 함부로 나서지 말라는 뜻과 같았다.

그들의 무력 역시 대단한 것이었지만 지금의 전투는 단순히 무공의 고하로 가늠할 수 있는 것이 아니다.

순간에 목이 날아간다. 집단 전투에서는 극강의 고수도 하수의 검에 찔려 목숨을 잃을 수 있다.

누군가가 외쳤다.

"저, 저 사람은?!"

"삼공자! 삼공자다!"

누가 알아보았을까. 알 수 없다.

진조월은 가만히 검을 비껴 들고 그들을 바라보았다.

거의 이천에 달하는 병력이 있었다.

이천 중, 한순간 펼쳐 낸 장만위의 검으로 죽어 나간
이들이 삼백이 넘었고, 전투불능에 빠진 이들이 사백
이다. 즉 천삼백의 멀쩡한 전력이 자신을 바라보고 있
는 것이다.

그러나 진조월에게서는 조금의 주저함도, 조금의 압
박감도 보이지 않았다.

그저 의연함만이 전신에 가득할 뿐. 이 설명 못할 온
전한 모습에 웅성거림은 더욱 커져만 갔다.

진조월의 입이 천천히 열렸다.

"의미 없는 살생은 원치 않는다."

조용하게 말한 내용, 그렇지만 사방에서 울리는 목
소리였다.

어마어마한 내공력을 실은 목소리. 믿을 수 없을 정
도로 깊은 공력이었다.

상황은 더욱 믿을 수 없다.

한 명이서 천이 넘는 병력에게 고하고 있었다.

무의미한 살생을 원치 않으니 조용히 사라져라.

그것은 즉, 그 자신 하나의 무력이 이들 전부를 감당할 수 있다는 말과 동일한 것이었다.

누가 보아도 만용이라 할 만한 작태였다. 그러나 이곳에 모인, 살아남은 천삼백에 해당하는 무인들은 그를 비웃지 못했다.

장만위가 남기고 간 참상.

그리고 진조월은 그런 장만위의 독문병기인 칠야신검을 들고 있다.

그것만이 전부가 아니다. 장만위가 풍겼던 고고함과는 조금 다른 분위기, 철탑 같은 강건함이다.

하지만 비슷하다.

분위기는 다르다지만 이룩한 경지가 비슷하니 위압감도 남다르다. 그곳에 서서 사방을 굽어보는 절대자였다.

그런 말을 직접 내뱉은 진조월.

말을 하면서도 깨닫는다.

그는 진정 자신이 이룩한 경지가 어느 정도의 높이

에 있는 것인지 명확하게 알 수 있었다. 그리고 전투가 벌어지면 어떻게 진행이 될 것이며, 어떻게 마무리가 될 것인지도 확실하게 알았다.

이전 안탕산에서 벌어졌던 전투.

그때도 믿을 수 없는 전과를 이룩했지만 다치기도 많이 다쳤고 체력적인 문제도 없을 수 없었다.

그러나 지금은 다르다.

세상 모든 일을 다 할 수 있을 것만 같았다.

이 막강한 무력부대들 앞에서도 전혀 긴장이 되질 않는다. 나른하기까지 하다.

당연하게 할 수 있는 일.

마음만 먹으면 몰살시키는 건 순간일 터.

그러나 그러한 그의 자신감 앞에서도 굽히지 않는 자들이 있기 마련이다.

무공의 강함과는 또 다른 힘, 철혈성에 충성을 맹세한 그들의 충정이었다.

또각또각 거리는 소리가 들렸다.

저 뒤에서 대기하고 있던 묵룡창기병대, 그들이 다가오는 소리였다.

진조월의 전면에 가득 메웠던 병력이 좌우로 쪼개지

고 그 사이에서 다가오는 묵룡창기병대의 위용은 그야
말로 놀라울 따름이다.

하나같이 신마(神馬)들을 타고 있다.

경량화가 된 갑주, 손에는 어지간한 군용 철창은 비
교조차 되지 않을 정도로 단단하고도 예리한 장창이
들렸다.

진조월의 전면 삼 장 거리까지 도달하면서 멈추는
묵룡창기병대.

그 자체만으로도 위압이다.

진조월의 모호한 기세가 이곳 전체를 억누르고 있기
는 했지만, 묵룡창기병대의 모습은 시각으로 얻을 수
있는 최고의 장엄함을 보여 주고 있었다.

"진조월인가."

삼공자, 존대.

그런 것은 없다.

이미 쳐들어오는 순간부터 적이다.

명쾌한 해답을 내놓는 자, 바로 묵룡창기병대의 대
장이자 창제 구휘의 수제자이며 이미 지난바 무력이
스승에 근접했다는 또 다른 절대고수다.

흑화창(黑花槍)이라는 별호로 유명한 자.

그의 이름은 하후진영이었다.

진조월의 투명한 눈이 하후진영의 위압적인 눈빛과 마주했다.

흠칫.

순간 하후진영은 두 눈이 파열될 것 같은 느낌을 받았다.

안력을 집중한 것도 아니고 그저 바라만 보는 데에도 불에 덴 것 같은 통증이 인다.

절대고수이니 절정의 역량이니 하는 수준을 넘어선 자다.

인간의 경지를 초월한 자, 신화경의 경지에 앉아 신의 또 다른 모습을 한 검사가 여기에 있었다.

"하후진영."

조용히 스며드는 목소리. 안개와 같다.

눈빛과 목소리. 그것만으로도 정면에서 마주 보는 하후진영은 등허리가 축축하게 젖어 드는 것을 느꼈다.

진조월이 육 척을 넘어서는 장신이라 하나 그보다도 한 뼘이나 더 큰 하후진영이다.

그럼에도 그는 점점 진조월의 키가 자라 거인처럼 변해 가는 환상을 보았다.

태초의 거령신(巨靈神) 반고처럼, 세상 전체를 뒤덮을 것 같은 덩치를 가진 거인이다.

하늘 높은 곳에서 자신을 내려다보는 착각이 인다.

'이게 무슨!'

기세를 터트린 것도 아니다. 범부가 본다면 오히려 왜 이러는 건지 이해하지 못할 눈으로 볼 수도 있을 것이다.

그러나 마주하는 하후진영, 마침내 괴물처럼 변해버린 눈앞의 검객을 보며 하나의 진실을 깨달았다.

'이길 수 없다. 절대로!'

혼자 나서면 패배. 당연한 일이다.

묵룡창기병대가 전부 나서면? 그래도 가능할까?

이곳에 모인 내성의 주력부대 전부가 진조월에게 덤벼든다면, 과연 그를 죽일 수 있을까?

믿을 수 없게도, 하후진영은 승리를 확신할 수 없었다.

이토록 많은 전력, 다른 어디도 아닌 철혈성의 주력부대일진대 사람 하나를 확실하게 죽일 수 있을까 의문이 들다니.

"나오거나, 죽거나 확실히 결정해라. 내 비록 불필

요한 살생을 원치 않아 한 발자국 뒤로 물러서고 있지만 하후진영, 네놈을 죽이는 데에 망설임은 없다. 만 갈래로 찢어 죽여도 시원치 않으나 모든 일을 벌인 원흉은 하나이기에 그 하나의 목숨으로 대신하려 함이다. 비키거나 죽거나. 어서 정해라."

무섭도록 일렁이는 목소리였다.

오만하기 짝이 없지만, 그러한 오만함을 너무나도 잘 어울리게 만들어 주는 기파를 진조월은 직접 보여 주었다.

화아아악!

사방으로 휘몰아 요동치는 기파.

마제신기가 달아오르고 신화경에 이른 그의 위엄이 사방천지로 뻗어 나간다. 순간적으로 발동된 기파가 어찌나 강렬하던지 진조월의 주변 경광이 일그러져 보였다.

히히힝!

하후진영이 탄 신마가 발굽을 들더니 이내 빠르게 뒷걸음질을 쳤다. 평생을 같이 살았던 애마(愛馬), 전마(戰馬)다.

그러한 말이 겁에 질려 주인의 말도 듣지 아니하고

뒤로 물러선다.

언뜻 보이는 입가에서는 거품마저 일어나고 있었다.

순간적이기는 해도 진조월의 기파를 정면에서 마주한 결과, 고수라 해도 타격을 받아 피를 토할진대 말이라고 온전할 리가 만무하다.

오히려 사정없이 다리를 떨고, 입에 거품을 물었지만 그럼에도 용케 서 있는 신마가 대단하다고 봐야 했다.

그것을 신호탄으로 보았을까.

이곳에 있는 여러 부대장들 중 묵룡창기병대의 대장 하후진영의 발언권이 가장 큰 것은 두말할 나위가 없다.

이유는 간단했다. 그의 무공이 이 중에서 독보적으로 강했고 또한 부대의 위치가 다르기 때문이다.

그러나 그의 명이 내려지기도 전에.

사방에서 물 밀듯이 닥쳐오는 타 부대 대원들이 있었다. 각기 철곤(鐵棍)과 장검, 장도를 손에 쥐고 달려오는데 마치 사람으로 만들어진 파도와 같은 광경이었다.

우와아아!

거친 목소리.

공포심을 어떻게 해서든 이겨 보려는 발악이다.

진조월의 기파는 단순히 이들의 공포심을 꺼내 놓는 것을 넘어서 그들의 정신에까지 영향을 미친 것이다.

아무리 이전보다 온건해졌다고는 하나 그는 전무후무한 살기를 다루었던 일세의 무인이었다.

마제신기와 분노를 타고 흘렀던 기파에는 대단한 살기가 서려 있었고 그것이 주변에서 진을 치고 있던 무인들로 하여금 정신을 파탄 나게 만들었던 것이다.

기파의 확장만으로 단련된 무인의 정신에 이상을 가져오게 만드는 능력.

진조월의 눈이 번쩍이는 빛을 발했다.

"해보자는 거지."

서걱!

일검에 세 명의 몸이 그대로 쪼개졌다.

참으로 오랜만에 휘두르는 검, 마력의 파검이다.

이치에 따라 바르게 쥔 파검은 이전처럼 흉포했지만 주인마저 해하려는 통제 불능의 거침을 보여 주진 않았다.

파검이 지나가고 난 자리에는 묵색의 장검이 도달한다.

마제신기를 머금은 칠야검, 칠흑과도 같은 어둠의 장검에서 발작적인 파괴의 검도가 넘실거리며 전방을 휩쓸었다.

파아아아악!

엄청난 검력이었다.

이초 묵인살, 침묵의 검도이되 파괴력은 극한을 내달린다.

전방으로 무작정 공격을 감행했던 무인들 십여 명의 육신이 무차별로 터져 나갔다.

끔찍한 광경, 진조월은 그 피보라의 한가운데로 들어섰다.

휘이이잉!

비릿한 냄새가 사방으로 전파된다. 마제신기의 기파로 모조리 혈향을 날려 버림과 동시에 두 자루의 검을 신들린 듯이 휘두른다.

파검에서 생성되는 것은 이전과는 조금 다른, 그러나 더욱 흉포해진 마도오대검공들이었고 칠야검에서 흐르는 것은 마제파공검, 절대적 파괴의 검도였다.

한 번의 두 가지의 검법을 펼친다. 놀라운 발상이며 천재적인 재능이었다.

비단 중원의 검법에서 좌수검(左手劍)은 찾기 힘들다. 대부분이 우수검으로 그것은 정도와 마도를 가리지 않는다.

마도오대검공도 마찬가지. 그럼에도 왼손, 파검에서 흐르는 오대검공의 막강한 힘은 그대로였다.

손에 위치를 바꾸어도 그대로 펼쳐 낼 수 있는 기량이었다.

더군다나 종류가 다른 검법을 각자 한 팔씩 맡아서 휘두르니 이것이야말로 무신의 재림이나 다를 바가 없다.

병장기가 박살나고 사람의 육신은 허물어졌다.

그저 베고 찌르는 것이 아니라 육편(肉片)으로 화하는 인간의 육신이었다.

굳이 이렇게까지 힘을 뺄 필요는 없을 터.

두 가지 이유가 있었다.

하나는 처참한 광경을 보며 후퇴하기를 원했기 때문이고, 다른 하나는 마제파공검을 직접 펼쳐 냄으로써 몸에 때려 박고 싶었기 때문이다.

익숙한 병기와 익숙하지 않은 병기에서 오는 차이점은 크다. 마찬가지로 검법을 만들어 냈다고는 하지만,

그것을 실제로 사람에게 펼쳐 보는 것과 허공에서 칼질하는 것과는 확연하게 다른 법이다.

그렇게 얼마만의 시간이 지났을까.

그가 지나간 자리는 그야말로 파괴의 극치를 달리고 있었다.

인간의 정서로 감히 바라볼 수 없는 지옥이 펼쳐져 있다.

보타암의 가르침을 받아 드높은 정신력을 가진 신의건과 문아령도 안색이 창백하게 질릴 정도로 끔찍한 광경이었다.

부대 하나가 몰살하는 시간은 반 각도 채 걸리지 않았다.

워낙에 압도적인 무력이다 보니 싸움이 소강 상태로 접어들었다. 믿을 수 없는 괴력의 무공을 선사한 진조월을 바라보는 무인들의 눈빛은 공포와 경악만이 가득했다.

진조월은 가볍게 숨을 들이쉬었다.

호흡 한 번으로 진기는 다시 완전하게 차오른다. 대해(大海)와도 같은 공력이었고 번개와도 같은 회복력이었다.

"계속 할 텐가."

묵직하게 발하는 목소리.

그리 사람을 백정처럼 죽였음에도 몸에는 피 한 방울이 묻지 않았다. 그것도 신기한 일이다. 그리고 기괴한 광경이었다.

하후진영은 그런 진조월을 보며 창을 꾹 쥐었다.

'후퇴인가.'

후퇴가 정답. 이길 수 없는 싸움이다.

저 괴물 같은 작자는 지칠 줄도 모르는, 파괴의 화신이었다.

아무리 묵룡창기병대가 강하다고 한들 그것은 사람을 상대로 한 것이지, 이런 괴물에게 통용할 만한 무력을 갖추고 있지는 않다.

하지만.

그는 부성주인 섭평의 말을 떠올렸다.


"시간을 벌어야 한다. 지금 쳐들어오는 자들의 발목이라도 잡아라. 지금 성내에는 중요한 대사가 벌어지고 있어, 함부로 적도들이 난입하면 큰 낭패를 면치 못할 상황이다. 이에 대한 설명은 훗날 하게 될 터이니, 당장은 다가온 적에 대한 일에만 신경을 쓸 수 있도록 하라."

처음에는 코웃음을 쳤다.

발목이라도 잡으라니, 그게 어디 묵룡창기병대에게 할 말인가. 발목만 잡는 게 아니라 목줄을 틀어잡고 바닥에 처박아도 모자랄 지경이다.

하지만 이제는 알겠다.

섭평은 모든 것을 알고 있었던 것이다. 이처럼 괴물 같은 작자들이 쳐들어올 것을 그는 이전부터 알았던 것이다.

'시간을 벌라니⋯⋯.'

그것도 자신에게 어울리는 일이 아니었다.

하후진영은 장쾌하게 창을 휘두르고 전장을 내달리는 전형적인 군인이자 무인이었다.

치고 빠지는 속전은 진조월에게 무의미할 것으로 보이니, 남는 것은 말이라도 걸어 시간을 버는 일인데.

"참으로 강하구나. 그토록 어린 나이에도 불구하고."

이건 진심이었다.

서른의 나이로 가히 천하제일을 바라보는 신적인 무용을 보이는 진조월이다.

적당해야 질투가 나고 자극이 되는 법인데 진조월에게서는 질투조차 나지 않았다.

진조월이 칠야검을 까딱였다.

답지 않게 주둥이 나불거리지 말고, 그냥 덤벼라.

이렇게 말하는 것 같았다. 하후진영의 이마에 슬쩍 핏줄이 돋았지만 그는 함부로 덤비진 않았다.

"어떻게 하면 그리 강해질 수 있지?"

이 역시 진심으로 묻는 것이었다. 시간을 끈다는 것에 집중하고는 있지만 묻는 말 전부가 진심인지라 상당히 자연스럽다.

그러나 진조월의 눈은 이미 상대의 눈을 보고, 상대의 마음을 보고, 뜻을 파악하는 경지에 이르러 있었다.

파검을 등 뒤로 꼽은 진조월, 칠야검 역시 좌측 허리 검집으로 들어간다.

하후진영의 얼굴에 살짝 안도의 빛이 감돌 때.

"같잖게 구는군."

검집을 잡고 오른손은 검파를 쥔다.

바르게 쥔 검파, 동시에 온몸을 휘돌며 극한의 탄력

으로 검을 뻗어 내니 한 줄기 빛살이 날아가는 듯하다.

스아아앙! 파아악!

일초, 일격살이다. 본능적으로 말에서 뛰어 뒤편으로 신법을 전개한 하후진영의 눈으로 일생을 함께 했던 애마의 몸이 거칠게 흩어지는 것이 보였다.

분노를 느낄 새도 없었다.

도대체 언제 따라붙은 것인지, 전면으로 솟은 진조월의 칠야검이 무서운 속도로 쇄도하고 있었다. 하후진영의 창 역시 기기묘묘한 움직임을 보이며 칠야검의 움직임을 봉쇄하려 했다.

확실히 하후진영은 강했다.

흑색의 장창을 휘두르는 그의 모습은 가히 일대종사의 강렬함이 살아 있었다.

창의 움직임은 정통무공의 투로를 완벽하게 보여 주었고 들어찬 진기의 운용 역시 절정에 이르러서 어지간한 고수들조차 한 합을 받기 힘들 것이 분명했다.

하지만 상대는 진조월이었다.

한 합을 받기 힘든 건, 지금 이 순간 하후진영이었다.

스아앙! 서걱!

섬뜩한 소리와 함께 갈라지는 창대.

이 또한 놀라운 일이다. 신병이기라 하기엔 어렵지만 능히 보물이라 불리어도 부족함이 없을 장창이 너무도 쉽게 뚝 잘렸다.

찰나지간, 일생을 함께했던 두 명의 친우들을 잃은 하후진영이다.

이제야 급박함을 알았을까. 뒤쪽에 긴장 어린 기색으로 거하던 창기병대 대원들이 각기 경호성을 발하며 각궁(角弓)을 들어 화살을 날렸다.

군대나 다름이 없는 모습이었다.

그들의 돌진력과 창술은 비할 곳이 없었지만 궁술 역시 수준급으로 익혔는지 목표물의 모습을 제대로 보지 못함에도 탄력적으로 시위를 놓는 실력이 인상적이다.

화살이 날아오기 직전 하후진영의 몸이 대지를 박차고 진조월에게 쏘아졌다.

온몸을 이용한 무공, 고법(拷法)이다.

전신에 두른 갑주에 고법 자체를 특화시킨 무공인 듯한데 마음먹고 진격하는 그의 모습에서 육중한 위압감이 풍긴다.

만근 바위도 가루로 만들어 버릴 것 같은 힘.

창을 잃고 애마를 잃어도 하후진영의 힘은 변함이
없다.

진조월은 슬쩍 그의 고법을 피했지만 고법에 이은
선풍각이 진조월의 머리카락 한 올을 갈랐다.

평범한 무공들, 평범한 수법들이다.

그러나 하후진영의 몸에서 나오는 평범한 수법들은
결코 평범하지 않았다. 신공이라는 이름이 부족하지
않은 절기가 되어 사방을 짓누른다.

'상당하군.'

이전, 절강의 오상검문을 박살 냈던 그 시절의 진조
월이었다면 상당히 고생을 했을 상대였다.

여러 가지 무공을 다채롭게 구사하는데 지금의 진조
월이 보기에도 감탄이 나올 만큼 연계기와 빈틈을 노
리는 일격들이 대단했다.

하지만 그뿐.

진조월의 신형이 훅 하고 꺼져 버렸다.

말 그대로 연기처럼 사라진 격이다. 하후진영의 눈
이 커지고 기감은 사방을 더듬었다.

사라졌다. 기척을 느낄 수가 없었다.

'어디에?!'

터어엉!

뭔가 북 치는 듯한 소리가 울려 퍼졌다.

청아하면서도 둔한 소리였다.

세상이 빙글빙글 돌았다.

양쪽 귓가에는 뜨뜻한 뭔가가 흘렀고 제대로 시야가 확보되지 않는다. 사지에 힘이 빠졌고 단전에 가득한 공력이 스르르 흩어지는 게 느껴졌다.

'죽음……?!'

너무도 확연하게 느끼는 죽음이었다.

그렇게, 잘려진 자신의 창날로 정수리부터 꿰뚫린 하후진영은 마침내 목숨을 잃었다.

희대의 고수로 창제 구휘에게 사사했고 다른 어떤 강호의 단체보다도 강렬한 힘을 구사, 중원의 공포로 여겨졌던 묵룡창기병대의 대장이 죽는 순간이었다.

파바바박!

뒤이어 날아오는 각궁의 화살, 진조월은 덩치가 큰 하후진영의 멱살을 잡고 자신의 몸을 가렸다.

터터텅! 픽! 픽!

몇 개의 화살이 하후진영의 몸에 박혔고 거의 대부

분의 화살은 하후진영이 입고 있는 갑주에 튕겨 진로를 바꾸었다.

파격적인 방어법이라 해야 할까. 그러나 너무 비인간적이다.

처음으로, 묵룡창기병대 대원들의 눈에 순수한 분노의 감정이 떠올랐다. 공포심이라고는 한 점 보이지가 않았다.

진조월이 그대로 하후진영의 몸을 던졌다.

아무리 죽은 시체라지만 그 시체의 정체는 바로 전까지만 해도 포효를 내질렀던 상관이다.

그들은 자신도 모르게 각궁을 내리고 상관을 받으려 했다.

그 실낱같은 틈 속에서 진조월은 움직였다.

몸을 낮추고 그대로 장검을 휘두른다. 반월형의 무시무시한 검력이 땅을 타고 나아가 거의 오십여 기에 달하는 말들의 다리를 모조리 잘라 버렸다.

거친 비명 소리. 말들의 구슬픈 울음소리가 들렸다.

진조월의 눈은 냉정했다.

일단 벌어진 전투라면 상대에게 자비를 품는 것은 사치.

뛰어난 신법절기로 중심을 잡는 오십여 명의 묵룡창기병대 대원들 사이로 칠야검의 섬광이 무차별한 검력을 전달했다.

스아아앙!

소름끼치는 소리.

이초 묵인살을 넘은 삼초 월영살(月影殺)이다. 검으로 펼칠 수 있는 참격(斬擊)의 극대화였다.

마치 수평선을 보듯 끝을 모르게 이어지는 일자의 참격이 단숨에 묵룡창기병대를 향해 나아갔다.

쩌저정! 서걱!

가벼우면서도 단단함이 강철에 비견된다는 그들이 갑옷이, 갑옷 째로 잘리고 있었다.

갑옷이 갈라지고 육신까지 갈라진다.

한 번의 검격, 죽어 나간 이들의 숫자는 삼십이 넘어섰다.

확실한 기선 제압이었다.

명성에 걸맞지 않게 우왕좌왕하는 묵룡창기병대 대원들이다.

그런 그들의 속으로 파고든 진조월, 양떼 속에 대호 한 마리가 들어섰다 해도 과언이 아니다.

그렇게 반 시진도 채 지나지 않은 시각.

내성에 거하는 모든 병력이, 목숨을 잃었다. 도주했던 자는 하나도 없이 모두가 진조월 한 명에게 덤볐고 모두가 죽었다.

실로 오랜만에 강림한 월광의 사신.

검을 쥐고 시체의 숲 사이에 서 있는 그의 모습은 당당한 무인의 그것이었지만 동시에 묘한 슬픔을 간직한 듯도 했다.

# 6.

## 철혈대전(鐵血大戰)

청룡언월도를 양 무릎 위에 올리고 가만히 앉아 있었던 섭평이 눈을 번쩍 떴다.

"왔는가."

일어서는 섭평.

본래의 체구도 장대했지만, 꿈틀거리며 역동하는 기세가 그야말로 발군이다.

본래의 체격보다 훨씬 더 커 보이게 하는 군왕의 위엄이었다. 창대하게 일어나는 기세에 주변 경광이 일그러져 보일 정도다.

그의 앞에는 다소 초라해 보이는 노인 한 명이 서 있

었다.

손에 들린 건 조금 육중해 보이는 적색의 장검이다.

적룡의 이빨, 일렁이는 검신의 빛깔이 불꽃을 닮았다.

"비켜서게, 섭평."

"그럴 수는 없지. 이제야 전대의 천하제일이 누구인지 가를 수 있는 상황인데 어찌 물러서겠나."

투구를 벗는 섭평이다.

드러나는 얼굴은 이제 마흔에서 쉰 사이 정도로 되어 보인다.

하지만 그의 나이는 거의 장만위와 비슷할 정도, 이 갑자 가까이를 산 노괴물이었다.

천천히 언월도를 장만위에게 겨누는 섭평.

"자, 한 번 즐겨 볼까?"

장만위의 눈에 기광이 떠올랐다.

타오르는 광채, 그야말로 신검 한 자루가 눈에서 폭사되는 느낌이었다.

섭평은 이를 악물었다.

그저 마주하는 것만으로도 온몸이 들썩일 것 같은 느낌이었다.

"자네는 알고 있네. 지금의 나를 막을 수 없다는 것을. 더군다나 몸 상태도 정상이 아니야. 한데 이곳에서 목숨을 버리려 하는 이유가 무엇인가?"

"목숨을 버리다니, 오만하기 짝이 없군. 어떠한 전투도 손을 섞어 보기 전에는 결과를 장담할 수 없는 것이지. 세월이 지나니 검제의 영명도 빛을 바래는 것인가?"

장만위가 고개를 저었다.

"지금 자네가 하는 말 자체가 스스로 패인을 시인하는 것과 같은 것이네. 다른 누구도 아닌 자네이니 알고 있을 것이야. 어찌하여 스스로 깨달은 바를 묵인한 채 그리 목숨을 던지려 하나."

"설령 깨달았다 한들, 내가 칼을 겨누는 상대가 자네라면 그것으로 족해. 화려한 마지막, 둘 중 하나는 죽어야 끝날 싸움이라네. 잔말 말고 검을 들게. 대화가 많았군."

섭평의 눈.

창백한 안색에 어울리지 않는 붉은 눈빛.

어떠한 감정의 격동인지 알 수는 없다. 하지만 대단히 격정적이다.

장만위는 또 하나를 깨달았다.

이곳에서 죽을 작정임과 동시에 섭평은 자신과 더불어 무를 증명해 보고 싶은 것이다.

어찌 보면, 죽음은 별것도 아니라는 기세였다. 오랫동안 억눌러 참아 왔던 투쟁 본능, 장만위를 향해 칼을 겨누는 그 순간, 섭평은 과거의 도제로 돌아와 있었다.

"그렇군. 어쩔 수 없이 겨루어야 할 순간이라는 건가."

"알았으면 어서 검을 들게."

"최선을 다할 것이네."

"그렇지 않는다면 내가 섭섭하겠지."

"길지는 않을 것이야."

담담한 어조.

천천히 적룡검을 든 장만위의 검이 환상처럼 움직인 것도 그때였다.

섭평의 마음은 이해하겠지만 가만히 시간이나 끌어 줄 수는 없다.

그의 검에서 피어오르는 힘은 한 마리 거대한 용이 되어 그대로 섭평을 덮쳐 왔다.

풍룡식의 강렬한 초식이었다.

덮쳐 오는 힘의 흐름이 그야말로 괴물적인 수준이다. 섭평은 양손으로 언월도의 창봉을 쥐고 사정없이 허공에 불빛을 피워 냈다.

쩌저저저정! 쩌어엉!

힘과 힘의 부딪침이었다.

장만위도 강했지만 섭평 역시 강했다.

노쇠함으로 오는 육신의 불리함 따위는 이미 예전에 탈피한 그들.

섭평의 언월도는 강렬했고, 장만위의 검은 느릿하면서도 무거웠다. 주변 전체를 초토화시키는 힘의 역장이었다.

검과 도, 희대의 재능으로 과거 천하제일을 다투었던 두 명의 무신.

그러나 한 명은 천의를 깨달아 자신의 숙명의 장소로 옴과 동시에 검 외에 또 다른 깨우침을 얻은 자였고, 다른 한 명은 음지에서 고약한 일을 일삼으며 스스로 더럽다 자책을 하며 살아왔던 인생이었다.

승부는 빠르게 갈릴 수밖에 없었다.

쩌어어억!

"커헉!"

육신에 걸친 갑옷이 산산조각이 나고, 섭평의 가슴에 길게 검상이 생겼다.

예리한 검상이 아니라 마치 짐승의 이빨로 뜯긴 것 같은 상처, 게다가 그 깊이가 심맥을 건드릴 만큼 깊었다.

회생불능의 상처다. 이전의 상처가 다 낫지도 않았거늘 이만한 상처를 또 입었다면 대라신선이 와도 살리기 힘들다. 절대고수들 간의 전투에서는 한 끗의 차이가 승패를 가르는 법, 더군다나 실력의 차이도 있던 두 사람의 관계에서 섭평은 내상조차 전부 낫지 않았으니 어쩌면 당연한 결과일는지도 몰랐다.

섭평의 입에서 한 바가지의 피가 흘러나왔다.

천천히 꿇리는 제왕의 무릎.

"과연…… 강해."

"이런 곳에서 죽음을 맞이하다니, 어쩐지 내가 괴롭군."

"자네가 괴로울 것이 무엇이 있겠나. 내가 부덕하고 내가 용렬한 탓이지."

"아직 이해할 수 없네. 자네는 그저 순수한 무의 겨룸만을 위해 이곳에 있었단 말인가?"

"그렇다네."

섭평의 눈은 진실을 말하고 있었다. 장만위는 고개를 저었다.

"진즉에 겨루어 볼 수 있었어. 하필이면 오늘이었단 말인가."

"자네는 몰라. 내가 왜 한참이나 어린 성주의 밑에서, 부성주의 직책을 맡은 채 더러운 일을 골라서 했는지."

"이유가 무엇인가."

그는 천천히, 떨리는 손으로 자신의 단전 어림을 들추었다.

탄탄한 복부, 배꼽 밑에 붉은 점 하나가 콕 찍혔다.

상처가 아니다. 어떠한 현상에 의해 생긴 점이었다.

장만위의 눈은 그 붉은 점이 어떠한 것인지 순식간에 파악해 낼 수 있었다.

'점에서 압축이 되는 기운이다. 요사한 흐름이 느껴지는군. 설마 사술인가?'

그런 것 같았지만 차마 묻기가 힘들었다. 천생 무인인 섭평이 왜 이런 사술을 익히고 있단 말인가?

"사술을 익히고 있는 것이 아니었네. 나 또한 철혈

성주에게 당했지. 이것은 흡정대법의 일종으로 상대방이 원할 때 꼭두각시처럼 기어가 힘을 전이시켜 준다네. 처음 이것에 당했을 때 당장 죽고 싶었지만 나는 하나의 목적이 있었어."

언월도의 칼날이 시린 빛을 발했다.

"바로 자네, 자네와의 승부였지. 철혈성주는 약속하더군. 자신을 위해서 일해 준다면, 언젠가 반드시 장만위 자네와의 결투장을 만들어 주겠노라고. 알잖은가. 자네는 내가 덤벼도 귀찮아 하며 도망칠 성격이지, 호쾌하게 맞상대 해 줄 성격이 아니었어. 어쩌면 또 모르지. 그러한 핑계를 삼아 철혈성주에게 구차한 목숨을 연명하고 있었는지도. 부성주라는 직책이 주는 권력의 달콤함에 젖었는지도 모르네."

섭평은 그대로 벌렁 누워 버렸다.

흐르는 피. 과다출혈이다.

애초에 살고자 하는 의지도 없었으니 순식간에 죽음의 그림자가 그의 전신에 드리워졌다.

"가게. 마지막 가는 길, 멋진 선물이었네. 짧았지만 좋은 전투였어. 그렇지 않은가?"

장만위는 조용히 섭평을 내려다보다가 고개를 끄덕

였다.

"좋은 승부였네."

"크큭. 역시 자네는 재미가 없어."

그렇게 천천히 눈을 감는 섭평이다.

전대 천하십대고수 중 일인이자 도의 제왕 소리를 듣던 절대고수로 천하제일에 근접했다고 알려진 몇 안 되는 절대자가 이렇게 목숨을 잃었다.

돌아서는 장만위.

마음속, 어떠한 격정이라도 있는 것인지 손을 뻗어 거대한 문 하나를 겨누는 진기의 격렬함이 이전과는 판이하게 다른 힘을 품고 있었다.

콰아아앙!

그 크고 넓은 철문이 종잇장처럼 찢어지고 박살이 나서 나풀거렸다.

천천히 걷는 장만위의 전면.

공만호가 침중하게 눈을 뜨고 있었다. 뒷짐을 쥔 그의 모습은 일견 여유로워 보였으나 장만위를 보는 두 눈동자만큼은 감히 여유를 장담할 수 없었다.

"장 호법."

"처음 보는 얼굴이군. 비선각주인가?"

공만호의 얼굴이 꿈틀거렸다.

알려 주지 않았던 직책, 그럼에도 장만위는 알고 있다.

"눈치가 빠르시군."

장만위는 그에 답하지 않았다.

조용히 주변을 돌아본다. 고풍스러운 건물들, 하지만 공만호의 뒤쪽에는 이상하게 기가 뒤틀려 있다.

뭔가를 숨기려는 기색인가.

사람으로 이루어진 진법이 아니라 자연의 기를 강제적으로 뒤틀어 만든 마진(魔陣)이 있는 듯했다.

"하나, 둘, 셋……. 어디 보자. 족히 백 마리는 되겠군. 백 마리의 개를 저기에 풀어 두었구나. 하나같이 괴물 같은 놈들이로고. 자칫 잘못하면 세상이 혼란스러워지겠어. 빨리 온 보람이 있구먼."

은밀한 진법의 정체까지 꿰뚫고 백마의 봉인 해제까지 알아챈다. 공만호의 눈가가 희미하게 떨렸다.

장만위는, 소문으로만 듣던 그와는 너무나도 달랐다. 위험하고도 무서운 자다.

"당신이 백마를 전부 막을 수 있을 것 같소?"

"자네, 혹 그것을 아나?"

"무엇을?"

장만위의 얼굴에는, 제대로 삶을 살아가는 사람으로서의 환희가 서려 있었다.

검제의 삶. 검을 휘둘렀던 삶. 검의 도를 쫓았던 삶.

비록 검만을 위했던 삶이었지만 그에게는 너무나도 사랑하는 외손녀가 남아 있고 유일하게 키운 제자가 남아 있다.

그리고 하늘이 내린, 자신이 이곳에서 어떤 역할을 해야 하는지에 대한 배역을 알아 버린 남자가 있다.

"나는 무대 위에서 실수를 하는 자가 아닐세. 내 무대에 섰으니 내 몫은 다 하고 내려가야지 않겠나?"

천천히 드러나는 풍룡의 몸체.

온몸에서 풍기는 검제의 위용. 이전과는 또 다르다.

천명의 장소에 온 장만위는 자신의 진신전력을 전부 개방하기에 이르렀으니 청석 바닥이 가루로 변하고 주변의 기물은 모조리 가루가 되어 버리고 있었다.

공만호의 얼굴이 창백해졌다.

"백마! 백마는 어서 나와 이 늙은이를 죽여라!"

그 역시 천하의 수준을 논하기에 부족함이 없는 술사였지만 감히 장만위가 이룩한, 지고한 경지에 비하자면 부족함이 많을 수밖에 없었다.

더군다나 검제는 천명을 깨달은 남자다.

운명을 뒤집어 도에서 벗어난 짓을 하고 있던 공만호에게 장만위는 지나치게 거대한 그림자였다.

발작적인 외침과 함께 저 뒤쪽에서 거대한 어둠이 홍, 하고 나타났다. 그리고 그 공간에서 천천히 모습을 드러내는 백 명의 마인들.

하나같이 체구가 장대한 것이, 칠 척에 이른 거한들이라 할 만했다.

온몸 가득 불길하기 짝이 없는 기세를 내뿜는데 어떠한 마공절학을 익힌 것인지, 넘실거리는 마기의 농도가 거의 이전 진조월의 경지에 비해 부족함이 없었다.

놀라운 일. 이만한 절대고수, 이만한 절대적 역량을 발휘하는 마인들의 숫자가 백 명.

하물며 사악함의 농도로 따지자면 진조월의 군림마황진기보다 더하다.

어떤 마공이기에 이처럼 진득한 살의와 요기, 마기가 그득한 것인가.

더불어 공간 안에 있다는 것 자체만으로도 숨이 턱

턱 막힐 지경이다.

아무리 한 수 위의 고수가 한 수 밑의 고수 서너 명
을 제압할 수 있다는 속설이 있다지만, 이 정도면 지나
치게 과한 전력이다.

장만위의 얼굴도 심각하게 굳어질 정도였으니.

하지만 굳어진 그의 얼굴에 고소가 서린 것도 금방
이었다.

"괴물들을 만들어 냈군. 원로원이고 나발이고, 이들
만으로도 나라를 뒤집겠다. 하지만 깨달아라. 내가 바
로 검제다. 육신이 허물어져도 이들이 하나라도 세상
에 나가는 일은 없을 터, 이곳에서 전부 뼈를 묻어라."

그렇게 검제와 백마의 싸움은 시작이 되었다.


＊          ＊          ＊


"왔군."

이전과는 달리 시커먼 흑포를 입고 있는 철혈성주였
다.

모든 내상을 완전히 수복한 것인지 신색 어린 기운
이 이전처럼 강렬하다.

그의 앞으로 대전의 앞으로 진조월과 신의건, 문아령이 들어섰다.

"빠르구나, 여기까지. 그래도 한 시진은 더 걸릴 줄 알았거늘 지나치게 빨라."

철혈성주의 얼굴은 차갑게 굳어졌다. 이전에 숲 속에서 보았을 때처럼 여유가 넘치는 얼굴이 아니었다.

깨달아 버린 숙적의 존재를 보며, 그는 여유를 가지기가 힘들었다.

진조월은 아무런 해도 입지 않은 채 이곳까지 도달한 것 같았다.

입고 있는 옷도, 얼굴도, 느껴지는 기파도 모두 정상이다.

마치 환청처럼 까마귀의 울음소리가 들리는 것 같았다.

"이미 알고 있었을 텐데. 아닌가? 아니군. 당신, 몸이 정상이 아니었군."

"뭐라?"

성주의 눈썹이 일그러진다.

진조월의 투명한 눈동자가 성주의 눈을 넘어서 그의 몸 자체의 기세를 읽어 나갔다.

"정신이 정상이지 않으니 육신 또한 정상이라 보기 어렵지. 과거 여유 넘치던 당신이었다면 내가 왜 여기까지 이토록 빨리 올 수 있었는지 알아채고도 남음이 있었어. 굳이 상단을 개방하지 않더라도, 경험이 주는 예리함으로 알아챌 수 있었겠지. 한데도 모른다. 여유가 없는 것을 넘어선 문제야. 하늘의 눈을 피해 가며 삶은 연명해 온 자, 이제 모든 것을 끝낼 때가 온 거다."

하늘에 이른 통찰력.

이제는 진정으로 철혈성주가 원했던 것이 무엇인지, 그간 무슨 잘못을 저질러 온 것인지, 지금의 상태가 어떤지조차 모두 알아낸다.

누구보다도 인간을 배워야 할 자였지만 지금은 인간이어서는 안 된다.

무신(武神), 전능해야 할 무신의 존재로서 있어야만 한다.

사방이 막힌 대전 안에서 무서운 돌개바람이 불어닥쳤다. 철혈성주의 몸에서 이는 바람이다. 그의 눈이 무시무시한 광망을 터트렸다.

"어린놈이…… 말을 함부로 하는구나!"

비록 이전처럼 보아야 할 것을 보지 못하고 있는 철혈성주였지만, 그의 기파는 여전히 대단했다.

숨이 턱턱 막힐 정도다.

진조월의 몸에서 이는 힘이 성주의 기파를 막아 내지 못했다면 바로 뒤에 있던 신의건과 문아령은 피를 토했으리라.

"그것이 아닐세, 사제."

놀라운 목소리, 성주의 눈동자가 거칠게 파랑을 일으켰다.

천천히 대전의 문을 열어 가며 나타나는 자들.

모용광 그리고 담사운이었다. 그리고 그의 뒤, 흑익여포라 불리는 철사자조의 총조장과 그를 따르는 철사자조의 무수한 인물들이 있었다.

진조월의 고개가 살짝 뒤로 돌아갔다. 가볍게 고개를 숙이는 그, 마음 같아서야 울고불고 안고 싶었지만, 지금은 그럴 상황이 되질 못한다.

천천히 다가오는 모용광의 눈에서 번쩍이는 광채가 일어났다.

"성주."

"모용광, 네 이놈!"

"삼 일 뒤에 있을 마진은 발동하지 않을 것이오. 그리고 당신의 계획 역시 수포로 돌아갈 것이오. 아니, 애초에 당신의 계획은 성립할 수가 없는 것이었지만."

모용광이 가만히 손가락으로 하늘을 가리켰다.

"자연의 또 다른 법도가 되어 천하를 장악함에, 술사들을 운명의 사슬에서 벗어나게 만드리라. 그것이 당신을 도운 술사들에게 내건 조건이 아니오?"

그렇다.

이토록 많은 술사들이 단체로 미친 것도 아닌데 자연의 또 다른 법도로 화한다는 한 인간의 모습을 보면서 숨었어야 정상이다.

모난 놈 옆에 있다가 불벼락을 맞는다고, 세상을 관조하며 나설 때가 따로 있는 술사들이 굳이 철혈성주에게 붙어서 그를 도울 필요가 없는 것이다.

그럼에도 그의 곁에는 많은 술사들이 모였다.

세상에 퍼진 수많은 술사들의 염원.

원하는 자도, 원하지 않는 자도 있었지만 그들이 그토록 바라 마지않던 것이 바로 운명을 뒤집는 것이다.

천기를 발설하는 자, 결코 생이 순탄하지 못하다.

하늘의 명을 어기면서 살아가는 자, 심판을 받으리라.

애초에 그리 태어난 술사들은 자신의 운명을 바꿀 만한 힘이 없었다.

기회조차 없다.

그들은 또 다른 세상의 일원으로서 그 자리를 지키는 고정자들이었다.

철혈성주가 또 다른 법도로 화한다면, 그리 되어 세상의 법칙으로 존재하게 된다면 술사들의 무거운 짐도 더 이상 짊어질 필요가 없으리라. 그들은 그래서 성주를 도왔다.

모용광이 고소를 지었다. 씁쓸해 보이는 미소, 그의 눈이 성주의 눈과 정확하게 마주했다.

"너무나도 간단한 것을 당신들은 생각하지 못하더군. 심지어 성주, 당신마저도."

"무엇이라?!"

"맹목적으로 하나의 목적을 위해 달려가는 이들은 앞만 볼 줄 알지 주변을 돌아보지 못하는 법이라오. 그것은 당신이 우리에게 가르쳐 준 것이기도 하지. 생각해 보시오. 당신이 하늘의 시선을 피해 경계의 틈에서 지냈다지만 당신과 정신적으로 동조가 된 수많은 술사들은 버젓이 철혈성 내에 기거하였고, 혹은 신물과 마물을 모으기 위해 세상에 뛰쳐나가기도 했소. 경계에 숨으려면 전부 숨었어야지, 당신 하나만 숨는다고 하늘의 시선을 피할 수 있었을 것 같소? 눈을 감고 아무것도 보이지 않는다 하여 자신이 숨은 것은 아니란 것이오. 애초에 당신은 이 계획에 성공할 수가 없었어."

충격적인 말이었다. 철혈성주의 눈동자가 더욱 거칠게 흔들렸다.

지금까지 달려온 인생.

오직 그 하나만을 위해서 달렸다 해도 과언이 아니었다.

한데 모용광은 당신의 그러한 노력이 근본부터 잘못되었던 것이며 아무런 소용이 없다고 말하고 있었다.

"보면 당신에겐 언제나 숙명의 적이 있었소. 칠 년 전, 칠왕들이 그러하지 않았소. 조금만 더 신경을 썼더라면, 지금처럼 원로원을 끌어들일 수 있었다면 그때 칠왕들은 살아 돌아갈 수 없었소. 하지만 당신은 거기까지 생각하지 못했지. 당신에게는 허점이 너무나 많았지만, 이상하게 당신 스스로는 자각하지 못하더군. 그것이야말로 당신이 법칙, 법도, 완전에 이르지 못하는 진짜 이유라 해도 과언이 아니겠소. 술법사들이 주변에 포진하여 이런저런 계획과 구멍이 난 곳을 메웠다지만 그들 역시 우매했소. 평생을 세상의 틈바구니에서 관조하며 살았던 이들이 살아 움직이는 계책, 틈이 없는 계책을 내기는 어려울 수밖에 없는 것이지."

결국, 포부만 크고 제대로 능력조차 되지 않는 이 때문에 천하가 신음하고 있었던 것이다. 그의 손에 농락된 수많은 사람들과 죽어 간 사람들, 저승에서나마 어찌 편하게 지내겠는가.

"이번에 나타난 숙적. 과거에도 그 이전의 과거에도 실패를 했다면 마땅히 더욱 경계해야 마땅했을 터. 어찌나 이리 오만하신지 숙명의 적을 또다시 철혈성 내로 불러들이셨구려."

진조월이 앞으로 나서는 순간이었다.

왼손으로 검집을 잡고 천천히 다가간다. 긴장도 여유도 없는, 지극히 평범한 걸음걸이였다.

"또 다른, 이유가 있군."

성주의 몸에서 이는 바람은 이제 광풍이라 불리어도 부족함이 없었다. 엄청난 기세로 바람을 일으키는데 눈을 제대로 떠서 보기가 힘들 지경이다.

그럼에도 거친 바람의 소리는 들리지 않는다. 조용한 광풍이라니, 인세에 존재하지 않는 부자연스러움이었다.

　"당신, 어떠한 술법사와 정신적으로 공조를 이루었다. 어설픈 공조가 아니라 완전한 공조였지. 그래서 칠년 전 만월지란 당시 그들을 역으로 이용해 성내 정적을 죽였다고 생각했겠지. 실제로도 그랬을 거다. 음양왕이라는 작자가 이동시키는 대로 나머지 왕들은 싸울 수밖에 없었으니. 모두 당신이 행한 짓이겠지만 결국 마지막에 이르러 그들을 건드리기 힘든 이유가 달리 있는 게 아니었군."

　모든 것을 꿰뚫어 보고, 모든 것을 파악한다.

　천하 정세를 손바닥 안에서 보고, 이치가 흘러가는 걸 눈으로 확인하는 순간이었다.

　"음양왕 양문. 그는 칠왕들과 함께 하면서 그들에게 말 못할 정을 느꼈어. 세상에 틈바구니 안에서 살다가 수 년간 함께 있었던 동료로서의 이름을 가슴에 새긴 채 존재한 것이지. 그들을 죽이고 싶지 않은 양문의 마음, 완전한 정신적 공조를 이룬 당신이 그들을 잡아낼 수 없었던 이유는 다름 아닌, 양문이 그것을 원하지 않았기 때문이야."

성주의 눈이 커졌다.

"뭐라?! 양문이 원하지 않았기에 나도 원하지 않았다고 말하는 것이냐?!"

"그래. 그리고 하나 더 말해 주지."

차아앙!

칠야검의 어두운 검신이 세상에 모습을 드러냈다.

기묘한 흑색, 빛을 모조리 빨아들일 것 같은 검신의 묵직함이 중압감을 배가시켰다.

"양문은 내 검에 죽었다. 정신적 반려라 해도 부족함이 없을 하나의 죽음 때문에 당신의 신지와 두뇌 활동 역시 반쪽이 되어 버린 거다. 육신에 힘은 그대로지만 어디서 뭔가가 틀어진 것 같고, 뭔가를 빠트린 것 같은 불안감을 느끼는 진짜 이유가 바로 그것이란 거다. 그도 모자라 다른 여섯 술사들에게도 정신을 나누어 정보 공유를 했었지? 그 또한 실수야. 그들 중 두 명이 죽었다. 그만큼 넌 너 자신을 잃어 간 것이나 다를 바가 없다."

그렇다.

미처 깨닫지 못했던 부분.

"네놈이…… 양문을 죽였다고?"

"맞아. 결국 너의 계획은 실패했다는 것이지. 며칠 전부터. 그리고 넌 느끼지 못하고 있겠지? 또 다른 한 명이 죽었다. 그토록 자신을 나누었으니 상단전이 피폐해지고 작아져 신기가 흐려짐은 어쩔 수 없는 것이 겠지."

"또 다른 한 명이라니!"

"양문의 핏줄. 쌍둥이인가? 영신을 보냈더군. 그것은 말 그대로 치명적인 짓이었어. 그에게도 너의 정신의 일부를 건넸더군. 이미 그 자체만으로도 역천이며 한 몸에 두 개의 영혼이 깃든 것이라 해도 과언이 아니다. 한데 영신을 꺼내다니, 자살이라도 하고 싶었던 건가? 하나의 영에 조각이 난 너의 영까지 끼어들었다. 귀신, 잡귀라 불리어도 무방한 작태야. 온전하게 돌아오지 못하니 혼을 잃은 몸뚱이는 결국 땅속으로 들어설 수밖에 없다."

대륙 천하에서 형제 둘이 최고의 위치를 선점했었던 술사들이었다. 그런 두 사람의 목숨이 며칠 간격으로 사라졌다는 뜻이다.

성주의 몸이 부들부들 떨렸다.

"이, 이노옴!"

확실히 정상은 아니었다. 노랗게 뜬 눈동자에는 거의 광기라 불리어도 부족함이 없을, 살벌한 빛이 감돌았다.

모든 것을 잃은 자, 오만함에 세상을 제대로 보지 못한 자가 정신마저 나누었으니 감당할 만한 아픔과 상실감 또한 몇 배로 늘어난 것이나 다를 바 없다.

온몸에서 일어나는 광풍이 시커먼 색으로 변하는 것도 순간이다.

묵운풍천의 술, 전신으로 개방하는 술법이었다.

비록 스스로를 나누었다고는 하나 여전히 대단한 힘이다.

이곳 영역 전체에서 그의 기파를 정면으로 감당할 수 있는 자는 오로지 진조월뿐이었던 것인지 모두가 뒤로 물러나는 와중에도 진조월은 천천히 성주에게 다가서고 있었다.

"이만하면 되었어. 이제 끝낼 때가 되었지."

"이 빌어먹을 놈! 네놈만, 네놈만 없었더라면!"

"닥쳐!"

대전이 지진이라도 난 듯 흔들렸다.

무시무시한 공력이 깃든 목소리, 일순간 성주조차 몸의 균형을 잃어버릴 정도로 압도적인 한마디였다.

"그 말, 너의 손에 유린을 당한 수많은 사람들이 해야 할 말이다. 네까짓 인간 이하의 짐승 따위가 애초에 법도로 화한다는 것 자체가 웃기는 일이지. 오늘 네놈의 멱을 따서 나의 가족과, 나의 동료와, 너로 인해 죽었던 수많은 이들의 한을 풀겠다."

짓쳐 드는 진조월.

군림마황보법, 천고의 보법을 이용한다.

한순간에 거리를 좁히는 일보였다. 분명한 한 걸음일진대 어찌하여 그 먼 거리를 이동했는지 알 수가 없었다.

이어지는 마제파공검.

이초인 묵인살, 삼초 월영살이 연이어 펼쳐지며 성주의 뒤편에 있던 거대한 벽이 가루처럼 허물어진다.

사방천지, 기물은 모조리 터져 나갔으며 대전의 절반이 날아가 하늘과 바깥이 보였다.

성주의 손에서 쏘아지는 묵운풍천의 술이 마치 연기처럼 바닥을 배회하다가 진조월의 사지를 결박했지만, 그는 기합만으로 술법 전개를 무효화시켰다.

경악하는 성주, 동시에 내질러진 연환검이 성주를 정신없이 몰아친다.

사초 교룡살(蛟龍殺), 오초 용린살(龍鱗殺)의 무자비한 힘이 작렬한다.

부드럽게 이어지는 연환검결은 사방을 초토화시키며 위력의 극점을 철혈성주에게만 집중했다.

이처럼 무시무시한 힘.

철혈성주의 전면에 투명한 벽이 세워지고 하늘에서 떨어지는 번개와 바닥에서 솟구치는 화염이 마제파공검의 검력을 막아 낸다.

천하 최강이라 할 수 있는 다섯 술법 중 하나인 강신제석의 술법과, 지옥의 밑바닥에서 꺼냈다는 또 다른 최강 술법, 풍도암화의 술법이 연이어 작렬한 것이다.

그러나 그 모든 힘을 짓이기고 터트리며 나아가는 힘이니, 그것은 신검현기가 서린 마제신기의 공능, 술법 파괴의 신기다.

결국 철혈성주의 손에서도 금황도가 나타났다.

발작적으로 휘두르는 철혈성주다. 참사도법, 흉악한 도법이 천지를 가를듯 거칠게 다가온다.

진조월의 검 역시 용린살에서 이어지는 마왕살(魔王

殺)을 전개했다.

콰르릉!

그토록 큰 대전이 삽시간에 무너졌다.

일격에 벽과 천장이 사라지고 일보에 지진이 난다. 고함 한마디에 공포스러운 술법은 모습을 감추고 칼질 한 번에 세상이 갈라지고 있었다.

천인들의 싸움. 천하 최강에 이른 절대자들의 격전 이었다.

"이노옴!"

철혈성주의 눈동자가 이내 핏빛으로 물들었다. 지닌 바 힘을 극한까지 짜내고도 모조라 원정까지 건드리려 는 그다. 금황도를 쥔 양손에서 핏줄이 울컥 솟는다.

분명히 틈이 있음에도 틈을 찌를 수가 없었다. 풍기 는 기세가 그야말로 경악스러울 정도다.

거기서도 또 뻗어 나갈 길이 있었던가. 아무리 진조 월이라지만 지금 철혈성주의 힘은 부담스러웠다.

힘을 힘으로 상대해야 하는가?

그렇지 않다.

힘으로만 해결하려는 상대, 이처럼 쉬운 상대가 또 어디에 있으랴. 파훼법이 떠오른다.

지금의 철혈성주, 냉정함을 잃은 그는 분명 정상이 아니다. 느껴지는 힘은 놀라우리만치 거세고 역동적이었지만 세심함과 정교함은 잃어버렸다.

무조건 돌진만 하려는 소.

정면으로 질주하는 진조월의 신형이 일순간 측면으로 돌아가며 등에서 한 자루의 검이 튀어나왔다.

파아악!

반쪽짜리 검, 파검이었다.

허공을 부드럽게 윤회하는 파검의 모습은 지닌 귀기와 마기에 맞지 않게 놀라운 역동성과 고귀함을 자랑한다.

등 뒤로 돌아서는 마력의 어검술.

갑작스럽게 느껴지는 위화감에 철혈성주가 뒤를 돌아 금황도를 휘둘렀다.

쾅! 하는 소리가 터지며 파검이 제멋대로 날아가 바닥에 꼽힌다.

검과 도, 병장기끼리 부딪쳤음에도 폭음이 터졌다.

그러나 그 짧은 순간, 어검술을 포기함과 동시에 철혈성주의 바로 앞까지 도달해 버린 진조월이다.

묵색의 장검이 사선으로 둘러치며 철혈성주의 몸에,

기어이 상흔을 만들어 내고야 말았다.

촤아아악!

핏물이 사방으로 퍼졌다.

온몸에서 뿜어지는 기파가 한순간 커다란 흔들림을 보이며 천천히 뒷걸음질을 치는 철혈성주였다.

손에 쥔 금황도는 꾹 쥐고 있지만 어딘지 금황도의 모습은 위태롭다.

꺼져 버릴듯, 명멸을 반복하고 있던 것이다.

술법의 근간이 흔들렸다. 술력 파괴의 힘이었다.

한 움큼의 피를 토한 철혈성주가 발작적으로 고개를 들었다.

여전히 광기가 가득한 눈빛.

술력 파괴의 힘 때문에 무서운 속도로 진기가 엉키고 흩어졌지만, 이미 그에게는 그것을 억누르려 하는 위기감은 없었다.

오로지 눈앞의 있는 상대, 진조월을 죽이기 위한 살기만이 넘쳐 났다.

굳이 술력 파괴의 힘이 아니더라도 좌측 하단부터 우측 상단까지 이어지는 커다란 검상은 치명상이라 불리기에 조금도 부족함이 없었다.

그럼에도 최후의 일격을 가하려는 철혈성주다. 이미 고통을 느끼지도 못하고 있는 듯했다.

그러나.

틈을 보인 상대에게 자비라곤 없는 진조월이었다.

더군다나 상대가 철혈성주라면, 당연한 일이다.

왼손이 뻗어 가고 기이한 역장이 생성된다. 반천금 황도를 하늘 높이 든 철혈성주의 몸이 덜컥 멈추었다.

압벽장의 한 수였다. 한순간의 멈춘 그의 몸, 칠야 검이 공간을 파괴하며 이 시대 진정한 마왕을 죽이는 살법의 힘을 전개했다.

파아아악!

휘몰아치는 검력.

찰나지간…… 이라고 해야 할 것이다.

철혈성주의 눈과 마주한 진조월이었다. 서로의 두 눈이 마주치는 순간, 마왕살의 막강한 진력은 파도처럼 철혈성주의 몸을 집어삼켰다.

콰르릉!

인간의 몸을 휩쓸어 버리고 바닥을 휩쓸고 공간까지 찢어 가며 폭발을 일으킨다.

최후의 일격을 가한 진조월, 그의 검이 검집 안으로

회귀하였다.

모든 공격을 연이어 맞은 철혈성주.

그의 몸은 서너 조각으로 갈라진 채, 마침내 기나긴 생의 종지부를 찍고야 말았다.

\*          \*          \*

"헉. 헉."

거친 숨소리가 사위를 울렸다.

시뻘건 적룡검을 바닥에 박고 숨을 몰아쉬는 장만위였다. 그의 몸 곳곳에 피가 흘렀고 얼굴은 다소 창백해 보였다. 상당한 내상을 입은 듯한 모양새다.

하지만 그가 이룩한 전과를 생각하자면 가볍다 해도 무리가 없을 만한 상처다.

백 명의 마인들.

철탑과도 같은 거구의 괴한들. 한 명, 한 명의 힘이 거의 과거 칠왕에 육박할 정도로 강인한 절대고수들이다.

하물며 어떤 마공을 익혔는지, 육체가 상해도 피가 흐르지 않았고 상처까지 금세 아물어 버렸다.

말 그대로 괴물이었다.

그러한 백 마리의 괴물들 중 무려 아흔아홉 마리가 지상에서 소멸을 면치 못했다.

상처를 입으면 재생한다. 목을 날려도 움직이는 놈이 있었다

그렇다면 감히 항거하지 못할 거력으로 단숨에 육체를 세상에서 지워 내는 수밖에 없을 터인데, 그러한 힘을 몇 번이나 사용하는 것은 아무리 장만위라 해도 힘에 겨울 수밖에 없었다.

그럼에도 그는 해냈다.

아흔아홉, 무려 아흔아홉에 이르는 절대고수들이 지상에서 사라졌던 것이다.

봉인을 풀고 세상에 나오자마자 사라진 기구한 운명들이었다.

공만호의 얼굴은 장만위 못지않게 창백했다.

어딜 다쳐서 그런 것이 아니다. 극심한 공포와 한 인간의 힘에 질려 버린 것이다.

처음 백마들 중 열 명을 세상에서 소멸시켰을 때 공만호는 감탄을 터트렸다.

인간의 힘이 이토록 대단할 수 있다는 것에, 적이지

만 박수를 치고 싶었다.

삼십에 이르는 절대고수들이 사라지는 걸 보았을 때는 극한에 이른 힘에 대한 감동을 받았다.

그러나 오십이 넘어가는 절대고수들이 죽어 나갔을 때 공만호는 비로소 백마들이, 모조리 소멸할 수 있겠다는 생각을 가졌다. 동시에 장만위가 노린 표적이라도 된 것처럼 공포심에 쌓였다.

그리고 지금.

단 한 명의 마인을 남겨 놓고 모조리 지상에서 소멸시켜 버린 장만위를 보며 공만호는 말을 잇지 못했다.

가능하다면 도망이라도 치고 싶은데 그럴 수도 없다. 저처럼 심각한 내상을 입은 장만위였음에도 온몸에서 흘러나오는 강력하기 짝이 없는 기파가 몸을 묶어 버린 것이다.

자신의 한계 이상의 무공을 구사했다. 실상 당장 쓰러져도 할 말이 없을 터.

그럼에도 이처럼 강력한 기세를 개방한다.

장만위의 몸에서 불굴의 기지가 드러났다.

내공의 문제가 아니었다. 정신력, 정신력의 문제다.

일평생 검을 잡고 도달한 현재의 위치, 그의 강력한

안광이 공만호와 마인 하나를 노려보았다.

둘 모두 움찔한다.

백마 최후의 마인. 애초에 공포라는 감정을 제거 당했음에도 불구하고 장만위에게 덤비질 못하고 있었다. 뭔가 하기는 해야 하는데 발이 묶인 느낌이랄까.

하지만 정작 장만위로서도 죽을 맛이었다.

더 움직여야만 하는데 몸이 따라 주질 않는다. 육신의 노쇠함이야 예전에 넘어선 경지라 하지만 조금이라도 젊었다면, 하는 생각이 들 수밖에 없었다.

내공은 바닥이 났고, 근육에서는 한 올의 힘도 뽑아내기가 힘들었다.

"대단하다. 이 정도까지였을 줄이야. 하지만 최후의 하나를 남겨 놓고, 마침내 힘이 다한 모양이군."

분하지만 사실이었다.

어떻게 딱 하나를 남겨 놓은 채, 아니, 둘을 남겨 놓은 채 힘이 바닥이 나나.

통한할 지경이다.

마지막 남은 마인 하나도 상대가 움직이지 못함을 알았는지 천천히 걸음을 옮긴다.

그의 양손에서 시커먼 뭔가가 일렁였다. 마기였다.

눈에 보일 정도로 유형화가 된 마기.

넘실거리는 불길한 기운이 당장 뼛속까지 스며들 것 같은 기분이었다.

장만위의 눈이 감겼다.

기세는 높았지만 힘이 없다. 손가락 하나 까딱하기도 벅찬 상황이다.

'이렇게 죽는가.'

눈앞에서 수많은 이들의 얼굴이 스쳐 지나갔다.

이제는 얼굴조차 기억이 안 날 정도로 까마득한 옛날 보았던 외손녀의 얼굴.

그리고 제자라 생각한 유일한 존재, 진조월의 얼굴.

그 외에 그와 생사의 결전을 치렀던 무수한 무인들까지.

'제법 복 받은 인생이었어.'

그들의 얼굴을 한 번이라도 더 보았으면 좋겠지만 그게 욕심이라는 걸 안다.

그래도 자신의 검과 자신의 무공과 자신의 후인을 남겨 두었으니 그것으로 된 것이다.

'월아.'

아득하게 불러 보는 그 이름.

마인의 주먹이 무시무시한 광기를 품은 채 장만위의 머리로 쏟아졌다. 당장이라도 머리통이 박살 낼 것 같은 기세였다.

그러나 아직까지, 그는 죽을 때가 되지 않은 모양이다.

저 멀리서 무시무시한 속도로 쏟아진 한 줄기 빛살이 마인의 몸통을 꿰뚫어 버렸다. 엄청난 기세로 뒤로 물러선 마인, 그의 가슴에는 거의 작은 단창이 아닌가 싶을 정도로 거대한 화살이 박혀 있었다.

공만호의 눈이 커졌다.

"이건 폭천시?"

콰아앙!

마인의 몸에 틀어박힌 거대한 화살은 이윽고 엄청난 폭발을 일으켰다.

멀리 선 공만호조차 폭발에 휩쓸릴 정도였다. 재빠르게 출수하여 진언을 읊고 술법을 전개하지 않았다면 팔 하나는 날아갔을 폭발력이었다.

장만위의 눈이 힘겹게 뜨였다.

'뭔가?'

저 멀리서 다가오는 이백의 기척들.

이백 명의 신궁들이다. 가장 앞에 서서 절체절명의
순간 화살을 날렸던 자, 바로 등천용궁대의 대주 벽력
신궁 정이량이었다.

　　"장 호법님. 조금 늦었습니다."

　　피식 웃음을 흘리는 장만위였다.

　　"그러게나 말일세. 하지만, 아주 늦지는 않았어."

　　"그나마 다행이군요."

　　담사운에게서 서신을 받은 그들이다.

　　정확한 사정 모두를 듣지는 못했으나 대강의 사정을
들었으며 진조월의 얘기가 사실이라는 것을 알았다.

　　결국 자그마한 섬에서 무기를 점검하고 힘을 모았던
그들, 숨 쉴 틈도 없이 달려 이곳에 도달한 것이 분명
했다.

　　"크아악!"

　　일순 공만호가 머리를 움켜쥐고는 무릎을 꿇었다.

　　부들부들 떨리는 몸, 정상이라고는 생각할 수 없는
모습을 하고 있다.

　　장만위조차도 어이가 없는 눈빛으로 그를 보았다.
그러나 그는 순식간에 알 수 있었다. 공만호가 왜 저러
는지.

"철혈성주가 죽었다."

"예?"

"성주가 죽은 것이야. 정신을 동조했으니, 갑(甲) 그것도 뿌리 중에 뿌리라 할 수 있는 성주의 정신이 찢어졌으니, 저자 역시 마찬가지로 극한의 고통을 느낄 수밖에 없는 것이지."

가볍게 숨을 몰아쉬는 장만위였다.

"월이가 성공한 모양이군."

7.
종전후기(終戰後記)

천하제일세를 자랑하던 철혈성이 어느 한 날을 기점으로 주저앉아 버렸다.

굳건하게 그 자리를 버텼던 성벽이 무너졌고, 아무나 들어설 수 없었던 거대한 철문 역시 산산조각이 났다.

넓은 성내, 화광(火光)이 치솟고 벼락이 떨어지며 무시무시한 돌풍이 사방천지를 배회하였다.

누군가는 천신이 노하였다고도 하였고 누군가는 알 수 없는 무신들이 단체로 철혈성으로 진격, 그들과 일전을 벌였다고 하였다.

이유야 어찌 되었건, 강호 최대의 일문으로 황궁과도 사이가 돈독했던 단일 최강의 무력문파가 무너졌다는 것은 대단한 반향을 일으켰다.

당장 관가에서는 사건을 제대로 파악하기 위해 수많은 수사관을 파견시켰고, 사정을 제대로 모르는 문파에서도 정보를 얻기 위해 팔방을 뛰어다녔다.

무림 문파의 고명한 이들도 참혹한 철혈성의 흔적을 보기 위해 들렀는데, 그들은 하나같이 혀를 내둘렀다.

"상상을 초월할 정도로 대단한 경지에 이른 고수들이 이곳에 나타났다. 그들이 철혈성의 모든 전력을 박살 낸 것이야."

"이 정도 고수들이라면 구파의 원로들조차 이룩하기 어려운 경지겠지요."

"어찌 되었든, 이만한 고수들에게 무너지다니. 철혈성, 짧은 역사가 여기서 마침표를 찍는구나."

왜 철혈성에 그처럼 지고한 경지의 무인들이 들이닥쳐 살수를 휘둘렀는지 의견은 분분했다.

아는 이들은 조용히 침묵을 지켰지만 근 몇 달간 떠들썩한 사건이었다.

모르는 이들은 싸움의 흔적을 보며, 훗날 철혈성이

무너진 상황을 직접 보지 못했음에도 당시의 전쟁을 철혈대전이라 명명했다.

그리고 수많은 고수들의 추측으로 철혈성주를 죽인 자를 철혈제(鐵血帝)라 칭했다.

아직까지 정체를 모르고 있지만, 그는 새로운 무력의 화신으로서 천하제일이라는 칭호를 받은 무신이 되었다.

천하제일인.

그럼에도 정작 그 사람이 누구인지 모르다니 기가 막힐 일이다.

그리고 모든 은원을 해결한 천하제일인은 조용한 산속에 틀어박힌 채 살고 있었다.

*        *        *

딱!

하는 소리와 함께 나무가 반으로 쪼개졌다.

상의를 벗고 장작을 패는 진조월이었다. 그날, 철혈대전이 일어난 이후 삼 년의 세월이 흘렀다. 그의 나이도 서른셋이 되었다.

그러나 근 삼 년간 그는 절강의 어느 한 야산에서 터를 잡아 사냥으로 연명했다.

통나무로 지은 작은 모옥에 살며 그럭저럭 사람처럼 살고는 있었지만, 그의 신적인 무력을 생각하자면 아무래도 어울리는 삶이라고 보기에는 어려웠다.

다시 한 번 장작을 패는 진조월.

그가 뒤도 돌아보지 않고 말했다.

"왔으면 인사나 할 것이지, 왜 그리 조용히 있는 겁니까."

"쳇."

아무도 없는 공간, 조용한 곳에서 혀를 차는 소리가 들려왔다. 저쪽 나무 뒤편, 한 명의 사내가 모습을 드러냈다.

아직까지도 간직하고 있던 것인지, 아내가 주었던 털옷을 입고 있다.

날씨가 제법 쌀쌀한 날이라곤 하나 털옷을 여밀 정도는 아닐 텐데, 어지간한 팔불출인 모양이다.

단기중이 뒷짐을 쥐고 나타났다.

"이놈아. 오랜만에 선배를 봤으면 인사라도 해야지."

"난 살금살금 나타난 사람에게까지 예의를 지키라고 배운 적이 없습니다."

"이런 망할 놈."

투덕거리지만 진조월의 얼굴에는 이전보다 훨씬 인간적인 미소가 가득했다.

"밥 안 드셨으면 와서 드시지요. 지금 어죽을 끓이고 있으니, 제법 먹을 만할 겁니다."

"오죽하겠냐. 삼 년 동안 집짓고 사냥하고 요리만 해 댔을 놈이니 맛없으면 그게 병신이지."

여전히 화통한 맛이 있는 그다.

둘은 집 바깥에 솟은 자그마한 평상 위로 올라가 어죽을 먹었다. 옆에는 단기중이 가져온 술단지가 하나 있었다.

"아직도 그리 술을 좋아하십니까?"

"이놈아, 술 없이 세상을 어찌 산단 말이냐? 술은 인생이고, 인생이 술이야, 이놈아."

"형수님이 좋아하진 않을 텐데요."

"말하진 마라."

"나중에 한 번 모시고 오십시오."

"말하지 말라니까."

"백사로 담근 술이 있는데 같이 드시지요."

"그럼 데리고 가지."

껄껄 웃는 모습이 활기차다.

둘은 이런저런 이야기를 하면서 어죽을 먹으며 술잔을 기울였다. 자연스럽기 그지없는 광경, 한두 번 이런 자리가 있었던 것이 아닌 모양이다.

얼마나 시간이 지났을까.

다리를 쩍 벌리고 한쪽 팔로 몸을 지탱하는 방만한 자세다. 약간의 취기가 돈 단기중.

그의 눈이 모옥 옆에 있는 묘를 향했다.

"관리를 잘하고 있구나."

진조월은 고개를 끄덕였다.

아무 말도 없는 그다.

묘의 앞, 자그마한 석상에 쓰인 글씨.


절강벽가 벽소영지묘.


"네가 죽인 것이 아니다. 죄책감을 가질 필요는 없어."

그때의 전투.

철혈성주가 죽자 그와 심령으로 연결이 된 모든 술사들이 상단전에 엄청난 타격을 받고 죽어 나갔다.

공만호는 기어이 살아났지만 폐인이 되었고, 자아를 잃은 채 꼭두각시처럼 지냈던 술사들은 한순간 정신을 차렸으나 이내 기력이 쇠해 이승을 뜰 수밖에 없었다.

벽소영이 정신을 차린 것을 보고 진조월은, 격정에 사로잡혀 있었다.

한 번 눈을 뜨고 한마디를 한 그녀.

"와 주었군요."

그것이 전부였다. 만족스러운 미소를 지은 채 그대로 숨이 끊어졌다.

절강 벽가에 시신이라도 안겨 주려 했지만, 철혈성주는 이미 절강 벽가를 예전에 세상에서 지워 버렸다.

결국 벽소영의 고향인 절강, 그것도 이전 벽가가 잘 보이는 야산에 터를 잡고 그녀의 묘를 만들었다.

그렇게 삼 년의 세월이 지났다.

"아무리 그래도 연인이었던 사람입니다. 사정이 어찌 되었든 지켜 주지 못한 것은 사실이지요. 전부 제

잘못입니다."

담담하게 말한다.

제 잘못이라 하지만 자괴감에 빠진 모습은 아니었다.

한층 더 성숙해진 진조월의 모습은 대단히 안정적이
었다.

"삼 년이나 있었으면 되었어. 너도 세상에 나가 봐
라."

"나중에, 생각이 있으면 그리하겠습니다."

"천하의 철혈제가 이런 궁색한 곳에 앉아서 어죽이
나 먹고 있는 걸 강호인들이 알면 기겁들을 하겠군."

진조월이 피식 웃었다.

"농담으로 하는 말 아니다. 흘려듣지만 마라. 세상
에 나가 보는 것도 좋아. 이런저런 경험들을 하면서 세
상을 배우는 거지. 이런 곳에 앉아 세월을 보내는 것도
나쁘다는 건 아니야. 하지만 사람은 사람들 틈바구니
에 살아야 하는 법이지. 네가 은둔 생활을 전문적으로
파고들 게 아니라면 한시라도 빨리 세상에 나가 보는
게 좋을 거다. 적어도 누구한테 맞고 다닐 일은 없지
않겠냐?"

마무리는 농담이다. 진조월이 어깨를 으쓱했다.

"생각해 보고요."

"고집 한 번 기가 막히군. 네놈이 장만위 선배를 봤어야 했는데."

진조월의 눈에 이채가 띠었다.

"장 호법님과 염이는 어떻습니까?"

"아직도 호법님이라고 부르냐? 네놈도 네놈답다. 여전하지 뭐. 세상 돌아다니다가 맛있는 것도 먹고 산천유람도 하고. 돈이야 그간 모아 놓은 게 산더미라 여유작작한 생활을 하고 있는 모양이다. 아직까지 제정신이 돌아오진 않았지만 영기가 충만한 곳을 데리고 다니면서 장 선배가 치료를 감행하고 있으니 그리 오래지 않아 자아를 찾을 수 있겠지."

반희염 역시 자아를 잃은 채 비선각의 한가운데에서 누워 있었다.

다른 것이 있다면 벽소영이나 다른 사신지보의 내재자들처럼 술사로서 꼭두각시가 된 것이 아니라는 점이다.

그녀의 체내에는 엄청난 양의 기가 축적되어 있었고 놀랍게도 삿된 기운은 한 점도 찾아볼 수 없는, 그야말로 순수하고 깨끗한 기가 극한으로 압축되어 있었다.

어떠한 대법으로 사람의 몸에 그 정도로 대단한 기를 넣을 수 있었는지 모르겠지만, 용도는 하나, 바로 철혈성주 자신 스스로가 흡정의 대법으로 그녀의 기와 그녀의 근본까지 흡수를 하려 했던 것이다.

모든 것이 시작부터 삐걱거리고 있었음을 철혈성주는 왜 모르고 있었을까. 생각하니 웃음이 나온다.

"다른 분들의 소식은 들은 게 있습니까?"

"이것 보게나. 그러니까 직접 움직여야지, 언제까지 이러고 살 거냐."

"잘살고 있는 모양이군요."

"글쎄다. 들은 건 많은데 정확하게 본 건 아니라서 확신은 못하지. 신의건인가 그 녀석, 동생이랑 함께 다시 가문을 세우기 위해 동분서주하고 있고, 그 옆에 사매인가? 그 아이도 비문성수와 함께 돕고 있다더군. 백 선배는 어디로 갔는지 도통 소식을 들을 수 없고, 가연이는 강호에 나타나기 전 숨었던 그곳으로 다시 돌아갔다고 하지."

임가연, 백성곡, 신의건, 문아령.

그리운 이름들이다.

철혈대전 당시, 신의건과 문아령은 대협의 기질을

그대로 드러내며 뒤늦게 도착한 화산과 소림, 보타암 등의 무인들과 철사자조 등 아군 측으로 돌아선 이들의 중재를 맡았다.

배분으로 치면 신진이나 다를 바 없었지만 그들의 기질이, 대협으로서의 마음가짐이 다시 한 번 서로를 향해 창칼을 겨누려던 둘 사이를 무마시켰다.

진조월은 그런 그를 보며, 무공보다도 훨씬 강력한 힘을 가진 사람이라고 생각했다.

만인을 품에 안을 남자다.

그런 남자가 자신의 친구라니, 영광스러울 따름이다.

임가연은 그날 적대적으로 변한 원로원의 고수들을 모조리 암살하고는 아무렇지도 않은 듯 나타났다.

일이 끝난 이후, 그녀는 아무런 말도 없이 그대로 사라졌다.

그녀다운 일이었다.

백성곡 또한 마찬가지였다.

수고했다는 듯 모두의 등을 한 번 두들겨 주고는 바람처럼 사라졌다.

어디로 갔는지는 모를 일. 이전에 살았던 그 고관의 집으로 간 건 아닌 듯한데, 도통 어디로 사라졌는지 알 수가 없었다.

그리고 그날, 무당파는 무지막지한 피해를 입었다.

마인이라 불리기에 손색이 없는 다섯 괴인들과 전대의 고수 도광이 나타나 삼청보검을 탈취하려 했다.

한데 누군가의 개입으로 그것이 실패했고, 다섯 괴인들은 물론 도광까지 그 자리에서 살아남지 못했다.

그리고 현천도장은 어찌 된 일인지 스스로 장문인의 직에서 내려왔다.

누구도, 왜 그가 그런 결심을 했는지는 알지 못했다.

"그나저나 네 사형제들은 뭐하고 산다더냐?"

"잘 모르겠습니다. 원체 성에 묶여서 살다 보니 다리에 쥐라도 났는지 여기저기 잘 쏘다니고 있습니다. 대사형은 반년 전에 서장에 있다고 서신이 왔었고, 둘째 사형도 청해 어딘가에 있다고 했었지요. 세상을 겪고 그 속에 녹아 살아갈 모양입니다. 강호의 일에 엮이지 않으려는 기색인 듯한데."

"강호의 일에 엮이지 않는다…… 참으로 어려운 선택을 하였군. 얼굴 본 지도 꽤 오래 되었겠다."

"아마 평생 못 볼 수도 있겠지요."

"섭섭하진 않으냐?"

"그런 걸로 섭섭해하면 안 됩니다. 천하가 얼마나 넓은데요."

단기중이 크게 웃었다.

진조월 이놈, 못 본 사이에 말솜씨가 제법 늘었다.

"아, 맞다. 그 녀석이 이런 말을 전해 달라고 하더군."

"누구 말씀이십니까?"

"강소란 말이다. 앞으로 일 년 뒤엔가 찾아온다고 하더군. 검을 열심히 닦아 놓으라 하던데?"

진조월의 얼굴이 가볍게 구겨졌다.

전륜종을 이어받아 새로운 전왕이 된 강소란이다.

재작년, 단기중이 한 번 데려온 적이 있는데 한 번 손속을 나누고는 며칠이나 귀찮게 칼질을 해 달라고 졸랐던 희대의 거머리가 그녀였다.

좋게 생각하면 하나에 집중을 잘하는 사람이었고, 나쁘게 말하자면 사람 귀찮게 하는 재주만 타고난 독종이었다.

"그전에 여기서 떠야겠군요."

"낄낄. 그러는 게 좋을 거다. 말이 일 년이지 당장 내일이라도 찾아올 수 있는 녀석이 아니냐. 많이 늘기도 늘었어, 그 녀석."

단기중이 누군가를 칭찬하는 일은 많지 않은데, 이리 말하는 것을 보면 상당한 성취가 있었던 모양이다.

그렇게 도란도란, 이야기를 나누니 어느새 해가 서산으로 넘어갔다.

어두운 주변 광경. 두 사람 정도의 고수라면 밤이라 한들 대낮처럼 환하게 볼 수 있기에 술자리는 계속 이어졌다.

그리고 다음 날.

진조월은 약간 걱정스러운 눈으로 단기중을 배웅했다.

"괜찮겠습니까? 하루를 자고 가든지 주정을 몰아내십시오. 그러다가 다치면 어쩌려고 그러십니까?"

단기중은 거나하게 취했으면서도 봇짐을 지고 비틀거리며 산을 내려가려 했다.

지난바 무공을 생각하면 찰나지간에 주정을 날려 버려 제대로 된 신색으로 돌아올 수 있을 터, 그럼에도 이처럼 비틀거리며 걷는다.

"이놈아. 내 누누이 말하지 않았느냐. 주정을 몰아내다니, 웃기는 작태다. 술에 대한 예의가 아니란 말이다."

"그럼 좀 쉬다가 가시지요."

"냄새 나는 사내놈 하고 술만 마셨으면 되었지 뭘 더 있으랴? 나는 얼른 우리 마누라한테나 가련다."

희극적인 손짓과 몸짓이었다.

진조월은 피식 웃었다. 어쩌면 그가 아는 사람들 중 단기중이야말로 가장 자유롭고 유쾌하게 사는 이가 아닐까 생각이 들었다.

"그럼, 나중에 한 번 들르겠습니다."

"오냐. 아, 하늘이 젠장 왜 이렇게 도는 거냐."

마지막까지 웃겨 주고 간다. 단기중은 비틀거리면서도 용케 나무와 나무 사이를 걸어가며 내려갔다.

마치 폭풍이 왔다가 모든 걸 휩쓸고 떠난 듯했다. 진조월은 내력으로 주정을 날려 버리곤 평상 위를 깔끔하게 치웠다.

그러고는 멈칫한다.

도끼를 보관했던 곳, 그곳에는 두 자루의 검이 있었다.

하나는 묵색의 장검. 다른 하나는 반쪽짜리 파검이었다.

검법을 직접 행한 적은 없지만, 두 검을 관리하는 데

에는 상당한 신경을 썼다.

파검의 귀기는 진조월 자체의 신기로 씻어 내 이젠 거의 평범한 검이라 봐도 무방했고, 칠야검은 마제신기를 받아 더욱 빛나는 정기를 품게 되었다.

칠야검과 파검.

단기중의 말이 떠올랐다.


"세상에 나가 보는 것도 좋아. 이런저런 경험들을 하면서 세상을 배우는 거지. 이런 곳에 앉아 세월을 보내는 것도 나쁘다는 건 아니야. 하지만 사람은 사람들 틈바구니에 살아야 하는 법이지. 네가 은둔 생활을 전문적으로 파고들 게 아니라면 한시라도 빨리 세상에 나가 보는 게 좋을 거다."


진조월의 눈이 조금씩 깊어졌다.


*      *      *


며칠 뒤.

수염을 깔끔하게 깎고 머리를 정리했으며 흑색의 무

복 위로 다시 흑색의 장포를 걸친 진조월이 있었다.

허리춤에는 칠야검을 찼고, 오른손에는 파검이 들렸다.

그가 벽소영의 묘 앞에 섰다.

파검이 검집에 들어간 채로 그녀의 묘 앞, 석상에 천천히 박혔다.

"삿된 기운을 모두 날리고 정기를 넣은 검이오. 잡귀가 들리는 걸 막고 그대의 혼이 쉴 수 있을 만한 안온함을 줄 수 있을 것이오."

그가 천천히 고개를 숙였다.

"아마…… 아마도."

다시 고개를 든 진조월.

놀랍게도 그의 눈에 눈물이 어렸다.

"다시 찾아오는 일이, 없을 것 같소."

삼 년의 세월 동안 그녀의 곁을 지켰다.

이제는 보내 주어야 한다. 새로운 세상에 나아가, 다시 새로운 사람들을 만나고, 새로운 일을 시작해야 할 것이다.

"훗날 진정으로 내세라는 것이 있다면 그때…… 그때 만납시다."

이미 무력의 화신으로서 신의 면모를 갖춘 남자.

그러나 진정한 인간을 배우려는 남자였다.

한 줄기 눈물과 고요한 사과, 그리고 평범한 한 마디를 남긴 진조월이 몸을 돌렸다.

한 줄기 미풍이 그의 장포자락을 펄럭이며 앞길의 고단함과 미래의 밝음을 속삭여 주고 있었다.


〈『비월비가』 完〉

http://www.bbulmedia.com